菊花酒

料理人季蔵捕物控

和田はつ子

時代小説文庫

角川春樹事務所

目次

第一話　下り鰹

一

一膳飯屋《いちぜんめしや》塩梅屋《あんばいや》は江戸日本橋の木原店《きはらだな》にある。毎年、涼風が肌寒く感じられる頃、塩梅屋の主《あるじ》季蔵《としぞう》は熟柿《ずくし》を仕上げた。

この熟柿は日当たりのいい庭先になる美濃柿《みのがき》で作る。以前は先代主長次郎《ちょうじろう》の娘おき玖《く》が柿の木に登って、頃合いの渋柿をもいでいたのが、今ではそれも店を継いだ季蔵の仕事になっていた。

菴摩羅果《あんもらか》の呼び名さえある熟柿は干し柿ではない。収穫した柿を離れの座敷へと運び、木箱の中に並べると隙間《すきま》をぼろ布で埋め、もう何年も中の綿を取り替えたことのない、摺《す》り切れた座布団で覆って熟成させる。

ただ、それだけの手間なのだが、出来上がった熟柿は、とろとろとえも言われぬ甘さで、それゆえ、菴摩羅果と呼ばれるようになったのである。ちなみに菴摩羅果とは、マンゴーの実であり、仏典には死の床《とこ》にあった古代インドのアショカ王が、半個のマンゴーの実を喜捨《きしゃ》したとある。まさに垂涎《すいぜん》の逸品なのである。

とはいえ、市中に名高いこの熟柿を食することができる者たちはごく僅《わず》かであった。二葉町の太郎兵衛《たろべえ》長屋のお年寄りたちに限られている。塩梅屋の常連客たちや、噂《うわさ》を聞きつけた食通の富者たちが是非、口にしたいと熱望しても叶《かな》えられない。

なぜなら、塩梅屋で作っていい熟柿の数は、太郎兵衛長屋の住人の数に幾つか足した数に止《とど》めることと、長次郎が日記に書き残していたからである。枝の柿の実は、庭を訪れる鳥たちがついばむに任せるようにとの配慮だと、

「おとっつぁんは、恵まれないお年寄りたちに、何かしてあげたい、せめて、自分に出来ることは、この世にいる間に、極楽を味わってもらうことだって言ってたわ」

おき玖は洩《も》らしたことがある。

――しかし、なぜ、太郎兵衛長屋なのか。お年寄りばかりの長屋は、市中に数え切れないほどあるというのに――

季蔵は不思議に思っていた。

――やはり、とっつぁんの仕事に関《かか》わっての恩義なのだろうか――

季蔵が先代から継いだのは料理人の仕事だけではなかった。長次郎にとって、塩梅屋の主はいわば表の顔で、裏では人知れず、隠れ者としてお上《かみ》に仕えていたのである。季蔵はこの裏稼業の方も、北町奉行烏谷椋十郎《からすだにりょうじゅうろう》に強いられる形で継いでいた。

それで、太郎兵衛長屋へ熟柿を届ける折に、長次郎と太郎兵衛長屋との縁について考え

を巡らし、長屋の何人かに訊《き》いてみたこともあったが、

「知らねえなあ」

「さっぱりだ」

皆、揃《そろ》って首をかしげるばかりであった。

——まあ、知らなくていいことなのだろう——

必要のあることならば、几帳面《きちようめん》な長次郎は書き記してあるはずであった。

太郎兵衛長屋へ熟柿を届けに行って戻ってきた季蔵に、

「熟柿がすむと次は栗の甘露煮ね」

おき玖が声をかけてきた。

「そうでしたね」

栗の甘露煮については、長次郎の日記に以下のようにあった。

〝栗の甘露煮——春の御礼を筍寺《たけのこでら》へ〟

筍寺とは芝にある光徳寺のことで、裏手の竹林では毎春、柔らかくて風味の見事な筍を掘り当てることができた。春の御礼とは筍の御礼である。筍の時季になると、塩梅屋では、ここで筍を掘らせてもらうことになっていて、長次郎と住職の安徳《あんとく》は懇意であった。

長次郎と安徳の縁は、太郎兵衛長屋の住人とのようには謎《なぞ》めいていない。

「ある雪の日、おとっつぁん、偶然、光徳寺の竹林のそばを通りかかって、これだと閃《ひらめ》いたんだそうよ。それで、春になったら、是非、ここで筍を掘らせて欲しいと御住職に掛け

合ったんですって」

おき玖の思い出話に、

「冬だというのに、よく、質のいい筍が出るとわかりましたね」

「それがね。竹林の雪景色があんまり綺麗《きれい》だったから、ふと立ち止まって、きっと、いい筍が出るだろうって思っただけなんだって。御住職の方は裏庭を眺めながら、こっそり雪見酒と洒落《しゃれ》込《こ》んでいたところだったから、畳鰯《たたみいわし》を買い付けたばかりだったおとっつぁんは、恰好《かっこう》な飲み相手になったのね。おとっつぁんもお酒は嫌いな方じゃないから、二人してすっかり、意気投合してしまったんでしょうね」

その安徳は甘辛両刀使いで、栗の甘露煮が大好物であった。栗の甘露煮は茶請けの菓子としてだけではなく、酒の肴《さかな》にもなるきんとんなどと同様、口取りとしても申し分ない代《しろ》物《もの》である。

栗の甘露煮は、そうむずかしいものではない。まずは、皮と渋皮を剝《む》いた栗を、色が黄《こ》金《がね》色になるまで弱火で茹《ゆ》で、笊《ざる》にあけて水気を切る。鍋《なべ》に水、砂糖、味《み》醂《りん》を入れて火にかけ、砂糖の溶けたところで栗を加え、落とし蓋《ぶた》をして、ただただ弱火で煮汁がひたひたになるまで煮るだけであった。火から下ろして、そのまま一晩おき、味をしっかりと馴《な》染《じ》ませて仕上げる。

季蔵はこれを小ぶりの瓶に詰めると、芝の光徳寺まで届けた。

住職の安徳は年の頃は五十半ば、赤子のようなつやつやした色艶《いろつや》で、小太りで布《ほ》袋《てい》を想《おも》わせる風貌《ふうぼう》の持ち主である。

「今年の夏は信州の天候が不順で、残念ながら、今一つの出来です。栗本来の甘みとほっこりさが足りません」

塩梅屋では毎秋、甘露煮用の栗を信州から届けさせていた。甘露煮の作り方が簡単ならば、その年の栗の出来不出来が決め手だということになる。暑さが足りず、雨の多い夏が続くと、虫食いの栗が増える。虫食いの栗を幾ら煮付けても、その味は栗の風味とはほど遠く、砂糖と味醂の味ばかりが際立つ。

よほど、今年は天候が不順だったのだろう。くれぐれも最上質のものをと、頼んでいるにもかかわらず、今年の栗には、その虫食いが幾つか混じっていたのである。

「それでは一つ――」

安徳は茶を淹《い》れて季蔵をもてなす前に、瓶の中の栗を指で摘《つま》んで口に入れた。

「去年と変わりなく美味《おい》しいです。何より、これには塩梅屋さん、あなたの心がこもっている――」

安徳はにっこりと笑った。

「そうおっしゃっていただけると助かります」

季蔵は安堵《あんど》して、

――仏に仕えているお方らしく、この方はいつもこのように穏やかだ――

改めて、安徳の顔を見つめた。

——おや——

季蔵の目が驚いた。

「どうされましたかな」

怪訝《けげん》な表情の安徳に、

「いや、なに——」

季蔵が気づいたのは、安徳の顔の皺《しわ》であった。目尻《めじり》や額だけではなく、小鼻から唇にかけて豊齢《ほうれい》線がくっきりと刻まれている。皮膚にも艶がなかった。

——今年の春、お目にかかった時は、こんなに皺深かっただろうか——

食通ゆえに肥えている安徳の顔は、季蔵の仕える北町奉行烏谷椋十郎同様、いつも、赤子のように、ぴんと丸く張り詰めているはずであった。

——しばらくお会いしないうちに、赤子が梅干しに変わってしまわれた——

季蔵は案じる余り、

「お風邪《かぜ》でも召されましたか？」

「そうですかな」

安徳は片手で頬《ほお》を押さえた。

「今年は寒さが早いようですが、この通りくしゃみ一つ出ていません。でも、まあ、いい年齢《とし》ですから、多少は食い気も減りました」

安徳は甘露煮の入った瓶に、それ以上、手を伸ばそうとしなかった。

——やはり、美味《うま》くはないのだろうな——

一瞬、季蔵の目が失望したせいだろう、

「とは申せ、やはり、好物には抗《あらが》いがたいものがありますな」

安徳は瓶を引き寄せて、甘露煮の栗を摘むと口に運んだ。

「美味いですね、実に美味い」

ため息をつきながら、二つ、三つと食べ続ける安徳に、

——このため息は本物だ。好物なら食が進むというのであれば、お具合が悪いのではなく、何か気にかかることがあるのかもしれない——

とは感じたものの、季蔵は口に出せなかった。

——生涯をかけて、仏に仕える道を極めようとなさっておいでの方に、悩み事があるのかなどと訊けるものではない——

「熟柿はもう、太郎兵衛長屋へお届けになったのでしょうね」

「はい、今年も喜んで貰えました」

「熟柿を太郎兵衛長屋へ届けるのは、何よりの功徳《くどく》です」

「恐れ入ります」

「熟柿のことです。いつだったか、拙僧はこの通り美味しいものに目がないので、どうしても熟柿を食べさせて欲しいと、長次郎さんに、たいそうな無理を言ったことがありました」

──わからないでもない──

それほど、塩梅屋の熟柿の評判は高かった。

二

「その時は、めでたく、ごて得で熟柿をいただくことができたのですよ」

安徳は目を細めた。

「本当ですか」

──とっつぁんは自分の分を御住職に差し出したのだろうか──

塩梅屋で作られる熟柿の数は、太郎兵衛長屋の住人分に加えて三つであった。これは長次郎が亡くなってからの勘定で、季蔵とおき玖が味を確かめるために食べ、残りの一つは長次郎の仏壇に供える。

「長次郎さんがここの庫裡《くり》で拵《こしら》えてくれたのです」

──そういえば、この寺の裏にも柿の木が何本かあったな、しかし──

「庫裡で熟柿を？」

火を落とした後の庫裡では、風通しがよすぎて、熟柿作りの場所には不向きのように思われる。

「甘いものに目のない拙僧は、栗の甘露煮ほどではありませんが、毎年、般若湯（酒）で渋を抜いて柿を干します。この干し柿を使って、長次郎さんは柿餅《かきもち》を作り、〝どうだ？

これなら熟柿に勝《まさ》るとも劣らない味だぞ〃と言って、食べさせてくださったのです」

――御住職が食べたとっつぁんの熟柿とは、柿餅だったのか。熟柿に並ぶ柿があるとは、今まで知らなかった。教えてはもらわなかったし、日記にも書いてない――

「長次郎さんの柿餅をご存じですか？」

季蔵は黙って首を横に振った。

「あの時は長次郎さんも酔った勢いだったのですね」

安徳はなつかしそうな目になって、

「ちょっと待っていてください」

庫裡へ立つと、

「お一つ、いかがです」

菓子盆の上に柿餅を並べて戻ってきた。

「綺麗ですね」

思わず、季蔵は見惚《みと》れた。

上新粉《じょうしんこ》の白さが橙《だいだい》色の柿の色を際立たせている。上新粉で出来た四角く薄い餅の間に、裏漉《うらご》ししてどろりとさせた干し柿が、たっぷりと挟み込んであるのが、季蔵も知らなかった長次郎の柿餅であった。

「何しろ、拙僧は根っからの甘いもの好きなので、長次郎さんの見様見真似《みまね》で、毎年、この時季になると拵えてみるのです。この菓子は干し柿だけではなく、水でこねた上新粉も丁寧に裏漉しするのですよ。裏漉しした半量の上新粉を平たく伸ばして、その上にやはり、裏漉しの干し柿を均等に散らし、残りの半量を上からかけて箸《はし》でならし、蒸籠《せいろう》で小半刻（約三十分）、蒸し上げて仕上げるのです」

「いただきます」

季蔵は一つ摘んで、味わってみた。

「綺麗なだけではなく、典雅な味です」

上新粉の風味に干し柿の甘みがほどよく、調和している。

「これに使う干し柿も熟柿や栗の甘露煮同様、その年の柿や栗の出来具合次第なのだと、長次郎さんに教わりました。それを聞いてからというもの、拙僧はことある毎《ごと》に、〝よく実れ、よく実れ〟と柿の木に、干した柿には〝甘くなれ、甘くなれ〟と話しかけているのです」

「よくわかります」

長次郎との思い出を、柿餅に託して楽しく語った安徳は、幾らか、顔の色艶がよくなって、

——痩《や》せたのは年齢のせいで、気のせいだったのかもしれない——

季蔵はほっとして光徳寺を出た。

翌朝、木原店の塩梅屋へ行くと、

「今日あたりは南茅場町《みなみかやばちょう》でしょう？」

おき玖が片目をつぶった。

南茅場町には烏谷が馴染んだ女が居を構えている。今は長唄《ながうた》の師匠をして身を立てているお涼《りょう》で、その家の二階には季蔵の許嫁《いいなずけ》だった瑠璃《るり》が病臥《びょうが》している。

「人には何が大事かって、食べ物がいの一番だっていうのが、おとっつぁんの口癖だったわ。どんな立派なことを言ってても、言葉だけじゃ、お腹《なか》は一杯にならないし、旅先や山ではぐれた時、どんだけ小判を持ってても命は助からないって——。それだけ大事な食べ物ですもの、瑠璃さんだって、好物の栗の甘露煮を食べれば元気が出てくるはずよ」

瑠璃が臥《ふ》している理由は気の病ゆえであった。誰に会っても、何を見ても、終日、ほとんど言葉を発することがなく、黒目勝ちの大きな目は虚《うつ》ろで、相手が季蔵だと分かって、微笑《ほほえ》むとは限らない。

——これもわたしのせいなのだ——

季蔵の知っている瑠璃は、美しい娘で特に、その瞳《ひとみ》は明るく輝いていた。

——あんなことがあったのだから——

季蔵が今のような身の上となったのは、やむにやまれぬ事情ゆえであった。主家鷲尾《わしお》家の嫡男影守《かげもり》が美貌《びぼう》の瑠璃に横恋慕し、奸計《かんけい》を巡らせて、邪魔者の季蔵を自害させようとしたのであった。

影守の邪悪な奸計の犠牲となった季蔵は主家を出奔《しゅっぽん》、季蔵の代わりに責めを負って瑠璃の父で家老の酒井三郎右衛門《さかいさぶろうえもん》は自害、実家酒井家の存続を許された瑠璃は影守の数多い側室の一人となった。

――それだけでも、充分すぎる酷さだというのに——

　その後、影守は悪行を募らせる一方となり、被害は市中にまで及ぶところとなった。江戸市中の平安を願う鳥谷は、遂《つい》に、影守成敗を決意し、季蔵にそれを命じた。

少なからず、私怨《しえん》も手伝って、季蔵は死を賭《と》して、元主家の嫡男と対決することとなり、雪見舟に料理人として乗り合わせたのだった。ところが、季蔵が手を下すことなく、この稀代《きたい》の極悪人は、血で血を洗う死闘の末に絶命した。

――あの時、瑠璃が舟に乗ってさえいなければ――

瑠璃は主家の親子が殺し合う様を目の当《ま》たりにして、正気を失したのであった。

瑠璃の主治医は、

「この手の気の病ほど治癒がむずかしいものはありません。優しすぎる心根の人に限って、あまりに酷いことは思い出したくないと、このような病に逃げ込むことが多いのです」

――そうだった、心優しい瑠璃は虫一匹、たとえ、蝶《ちょう》ではない蛾でも、可哀想《かわいそう》だと言って殺せなかった――

「思い出したとたん、今より、食が進まず、そのまま逝《い》ってしまうこともありますから――。今はとにかく、三度の御膳《ごぜん》に気を配って、身体の力を養ってさしあげてください。これが何よりの治療になります」

この日、昼過ぎて、季蔵は瑠璃の居る南茅場町へ向かった。

お涼の二階屋には、そこそこの庭が付いている。茶色く葉の落ちかけている庭木の間に、小さな手水鉢《ちょうずばち》や灯籠《とうろう》が並んでいた。

戸口に立って声をかけると、

「よくおいでくださいました」

お涼が出迎えた。

お涼は、昔、芸者をしていただけあって、粋《いき》な着こなしや結った髪に寸分の乱れもなく、小股《こまた》の切れ上がった申し分のない大年増《おおどしま》であった。

「ちょうどよいところにおいでになりました。今日は気分がよいらしく、階下《した》の座敷で庭をご覧になっておいでです」

――珍しいことだ――

季蔵は栗の甘露煮の入った美濃焼の瓶を手にしたまま、庭へと廻《まわ》った。

あっと思ったのは、そこに侍姿の見慣れぬ男が、小袖《こそで》に襷掛《たすきが》けをし、箒《ほうき》を使っていたからであった。

綺麗に落ち葉が掃き清められている庭を目にして、

「すみません、清水《しみず》様、すっかり、お言葉に甘えてしまって、こんなことまでしていただいて、どうしましょう、後で旦那様に叱《しか》られてしまいますわ――」

後ろを歩いてきたお涼は、恐縮していた。

「清水様、この方が塩梅屋さん、季蔵さんです」

「塩梅屋季蔵でございます」

季蔵は深々と頭を下げた。

「拙者は北町奉行所内与力《うちよりき》を務めております、清水佐平次《さへいじ》と申す」

清水はやや表情を固くして、箒を持つ手を止めた。

――若いな――

といっても、二十代後半の年頃であった。すらりとした長身の端整な面差しの持ち主である。

――それに内与力といえばたいしたものだ――

内与力は奉行直属の役職であった。

――烏谷様が見込まれたのだから、かなり、出来る御仁《ごじん》なのだろう――

「瑠璃さん、お待ちかねの栗ですよ。あなたの季蔵さんが栗の甘露煮を作って、わざわざこうして、届けにきてくだすったのよ」

お涼が薄く綿の入った羽織を着て縁側に座っている瑠璃に声をかけた。

――瑠璃――

季蔵は瑠璃を見つめた。

ところが、瑠璃は、

「季之助《としのすけ》様」

呟《つぶや》くように言って、箒を手にしている清水佐平次に微笑みかけた。

お涼は思わず、季蔵の顔を見た。堀田《ほった》季之助は季蔵が士分だった頃の名である。

三

「季之助様」

瑠璃は繰り返した。

「お茶にいたしましょう」

お涼は庭から勝手口へと歩いた。

「手伝いましょう」

季蔵が続いたのは居たたまれない気がしたからである。

「今年の栗はどうですか？」

厨《くりや》のお涼はさりげなく話を持ちかけた。

「出来が今一つなので、甘露煮の方も去年ほどの仕上がりではありません」

「それでも、栗の甘露煮は瑠璃さんの大好物ですもの、きっとお喜びですよ」

――果たして、そうだろうか――

お涼は瓶の中の栗を皿に盛りつけると、

「それではまいりましょうか」

季蔵を促して、座敷へ入った。

「清水様、本当にご苦労様でございました。どうか、もう、終《しま》いになさって、お茶を召し上がってください」

「馳走《ちそう》になります」

箒を片付けた清水は手水鉢で手を洗い、沓脱《くつぬぎ》石にきちんと雪駄《せった》を揃え、縁側から座敷へ上がった。

「いただきます」

清水が湯呑《ゆの》みを手にして、一口啜《すす》ると、
ため息をついた。

「ああ、よい香りだ」

食となると、金に糸目をつけない烏谷が立ち寄るこの家では、宇治の煎茶《せんちゃ》を欠かしたことがなかった。

「わたしの身分では滅多に口に出来ない味です。八丁堀のわたしの家ではもっぱら、番茶ばかりで――」

清水はお涼に目礼した。

「前にご相伴《しょうばん》させていただいた灘《なだ》の酒といい、ここへまいると口が奢《おご》っていけません」

衒《てら》わない清水の言葉に、

「お気になさることはありませんよ。お奉行の酔狂と思ってくださいな」

お涼は片手を左右に振った。

季蔵は瑠璃を見ていた。瑠璃は季蔵を見ていない。といって、話しているお涼の方を見ている訳でもなかった。

　瑠璃が見ているのは清水一人であった。清水と同じ所作をしている。清水が湯呑みを取って啜れば、同じように真似て、美味そうに飲み干すとそれにも倣《なら》った。

「いかがです？　もう、一服」

「かたじけない」

　清水がお涼に湯呑みを手渡すと、瑠璃も空の湯呑みを差し出して、

「季之助様」

　また、呟いて微笑んだ。

　――幸せそうな表情だ――

　普段は小さい瑠璃の顔が、幾らかふっくらとなごんで見えた。

　――以前の瑠璃の顔だ――

　季蔵は胸が詰まったが、その思いは複雑だった。

「どうやら、瑠璃殿は、わたしが季之助という御仁と思っておられるようですね」

　――瑠璃の名を知っているということは、初対面ではないようだ――

「季之助というのは、ここに居る季蔵さんのことなんですよ」

　お涼は苦笑した。

「病のせいで、今がわからなくなった瑠璃さんは、昔、お侍だった頃の季蔵さんのことを思い出されたのでしょう。そういえば、季蔵さんと清水様、背丈など似ておられますも

の」

「なるほど、そうでしたか」

しんみりとした口調で清水は目を伏せた。

一瞬だったが気まずい空気が流れ、

「さあさ、お持たせ物を我が物顔にお勧めするのも図々しいのですけれど、栗の甘露煮を存分に召し上がってください。これこそ、この時季にしか味わえない逸品ですよ」

お涼は自ら菓子楊子《ようじ》を手にした。

「ああ、美味しい」

わざと大きな吐息をついたお涼に続いて、

「実は前に栗の甘露煮を食べたのが、いったい、いつだったか、思い出せずにいます」

清水も菓子楊子を手に取り、皿へと伸ばした。

「季蔵さんもどうぞ――」

「わたしはすでに、味見させていただいております」

「そうお、それならあたしはもう一つ」

お涼も栗の甘露煮は好物のようであった。

清水は無言で四つ、五つ食べた後、

「この世にこんなに美味いものがあることを、改めて知りました。前に食べたのとは比べものにならないほど美味しい。いや、あまりに前のことだったので、その味を忘れてしまったのかもしれません」

大きな感動のため息をついた。

この時も季蔵は瑠璃を見ていた。またしても瑠璃は清水と同じようにした。ひたすら栗の甘露煮を口に放《ほう》りこんでいる。

──こんな食べ方を瑠璃はしただろうか──

知らずと季蔵は眉《まゆ》を寄せていた。

そして、

「季之助様」

瑠璃の四度目の呟きを聞くと、自然に腰が畳から上がった。

「わたしはそろそろ失礼いたします。店に戻って仕込みの続きをしなければならないので──」

戸口へと向かった季蔵を追いかけてきたお涼は、

「もしや、気にしてはいませんか？」

声を低めて訊いた。

「季之助のことですか？」

「ええ」

「気にしていないと言ったら嘘《うそ》になりますが、今の瑠璃では仕様がないことだと思っています」

そう言ってお涼の家をあとにした季蔵が木原店へと戻ると、

「御奉行様のお使いの人がみえて、今夜、おいでになるそうよ」

出迎えたおき玖が告げた。

「お料理は何にしたものかしら？」

「栗が残っていましたから、栗飯と下り鰹《がつお》の刺身と塩焼きにしましょう」

熊のように恰幅《かっぷく》のいい大男である烏谷は、熊同様、ごろごろと栗の入った栗飯に目がなかった。

「栗飯は旬だからいいとしても、下り鰹なぞでは、少し、粗末すぎやしない？――」

広い海を北上したり、南下したりして成魚となる鰹は、初夏に北上した時には初鰹と称されて珍重され、秋口以降は下り鰹、または戻り鰹と呼ばれた。高価な初鰹と比べると、同じ鰹とは思えないほど安価であった。

「何せ、脂が強くて――」

おき玖は顔をしかめた。

「そう言いつつも、お嬢さんは秋刀魚《さんま》の塩焼きはお好きでしょう」

「そりゃあ、もちろん」

「秋刀魚も脂の強い魚ですよ」

「だけど、秋刀魚は今が旬で――」

「下り鰹も今が旬ですよ。刺身でしか食べない初鰹とは別のものだと、わたしは思っています」

「なるほどね」

それでも、おき玖は半信半疑だった。

「三吉《さんきち》、始めるぞ」

下働きの三吉に声をかけて、季蔵は料理に入った。

「今年の栗飯はおまえ一人で炊いてみろ」

「へい」

三吉はうれしそうに返事をした。

――そういえば、この三吉も瑠璃同様、鷲尾影守の餌食《えじき》にされかけたのだった――

今では塩梅屋で修業に勤《いそ》しんでいる三吉も、以前は、朝早くから、蜆《しじみ》や納豆を棒手《ぼて》で売り歩いていた。大柄なせいで、それほど棒手振り姿が痛々しくはなかったが、まだ、十歳かそこらの子どもであった。

手習いに通って、読み書きを習わねばならない年頃の三吉が、棒手振りで家計を助けなければならなかった理由は、父親が博打《ばくち》で拵えた借金で、その借金のかたに、母親が岡場《おかば》所《しょ》へ売られかかっていたのである。

邪悪な影守はそんな三吉の弱味に付け込んで、父親の借金の肩代わりをしてやると約束した。その代わりに、何としてでも、下働きとして塩梅屋に入りこみ、季蔵の料理に毒を盛るよう命じたのである。

これを知った季蔵はすべてを許し、鷲尾家から烏谷を通して払われた料理代で借金を返させ、料理人の修業をするよう勧めたのであった。

——米一つ、満足に炊けず、皿や茶碗《ちゃわん》ばかり洗っていた三吉もここまでになった——

三吉は栗を剝き始めた。

「おいら、住んでる長屋じゃ、栗剝き名人で通ってるんだよ」

胸を張った三吉は水を張った鍋を竈《かまど》にかけた。

「み—んなね、栗剝きは大変だ、指を怪我《けが》しちまうなんて言うんだよね。ところがおいらが上手い剝き方を教えてやると、な—るほどって、感心してくれるんだよ」

四

——わたしも、栗剝きはとっつぁんに教えられたのだった——

あの時、長次郎は、

「栗飯と栗の甘露煮を作る。まあ、剝いてみろ」

笊一杯の栗を季蔵に差し出した。

「はい」

気負った季蔵は、栗剝き用の小刀を手にした。生来、季蔵は手先が器用であった。ただし、栗を剝いた経験はたった一度であった。しかも、父親が主から、贈答品の栗を格別に分けてもらったという五、六個である。季蔵の家でも、信濃《しなの》などから運ばれてくる栗は、贅沢《ぜいたく》な物の一つだったのである。

──あの時は苦労した──

少ない数の栗なら、器用に小刀を使って剝くことができたが、笊一杯となると、疲れた指先が痺《しび》れて、小刀を持つ手が震えた。そのうちに、栗の皮に滑って小刀が指先を刺した。二度、三度、それが続いて、季蔵の指から血が滴《したた》り落ちて、とうとう、

「あ、痛っ」

悲鳴を上げた季蔵に、

「もう、いい」

と言いつつ、長次郎は竈に火を入れて、水と栗の入った鍋をかけた。

「栗剝きはね、力なぞいらないんだ。その代わり技がいる。鍋がぐらぐらいってきたら、線香に火をつけろ」

言われるままに季蔵が従うと、

「指の傷は手当てしないと長引く」

季蔵の指に血止めをすると、

「線香の火が消えるのには間がある。茶でも飲むとするか」

茶の支度をした。

線香が燃え尽きたところで鍋を火から下ろした。すぐに剝きにかかるのかと思ったが、

長次郎は知らん顔で別の料理の仕込みを始め、季蔵も命じられた下ごしらえに取りかかった。

いつになったら、栗を剝くのかと気になっていると、人差指を湯の冷めかけている鍋に突っ込んだ長次郎は、

「ぼちぼちだな」

にやりと笑って、左手を鍋の中に沈めると、一個ずつ栗を取り出しつつ、右手には小刀を握って、皮剝きを始めた。

栗の丸い側に小刀で切れ目を入れて、固い皮をはがすように剝いた後、渋皮を取り除いていく。その様子は栗の皮ではなく、栗の形をした、唐芋《からいも》の柔らかい皮を剝いているかのように楽々と見えた。

――あの時は驚きもしたし、力任せでは駄目なのだという、料理の技の真髄に触れたような気がした――

一方、塩梅屋の厨では、

「ほいっと、ほい――ほい、ほい――とね」

三吉が得意げに栗剝きを続けている。

「渋皮ごとくるりんと剝ける栗に、出会うのが楽しみでならねえ。気持ちがいいったらないね」

「栗剝き自慢もたいがいにしとけ。おい、剝いた栗を笊に入れっぱなしだぞ。剝いてすぐ、

水に入れないと色が変わってしまう。駄目じゃないか」

季蔵に叱りつけられたものの、三吉は、

「おおっと、そうでした、そうでした。すんません、おいら、つい、浮かれちまって」

笑顔はそのままで、剝いた栗を入れる小鍋に水を張った。

この後、栗を剝き終えた三吉は栗飯に取りかかった。

栗剝きさえ終えてしまえば、栗飯はもう、仕上がったようなものである。といで笊で水切りした米を半刻《はんとき》（一時間）ほどそのままにして、酒と出汁《だし》昆布、味醂風味の煎《い》り酒適量に、剝き栗を加えて炊きあげる。

「米は餅米を半量にしときました。御奉行様はその方がお好きでしょうから」

三吉は烏谷の好みをよく呑み込んでいた。烏谷は混ぜ飯となると、ほぼ、どんなものでも、もちもちしたおこわ風が好みなのである。

栗飯が炊きあがるのを待ちながら、季蔵は下り鰹に取りかかった。

まずは半身におろして、さく取りにし、やや脂の少ない部分を刺身用に取り分け、見るからに脂の多い部分を切り分けて、焼き串《ぐし》を打っていく。

おき玖はすでに七輪に火を熾《おこ》している。

「あら、本当に塩だけで焼くのね」

下り鰹が焼ける、紫色の煙に包まれながらおき玖は言った。

「何ともいえない、いい匂《にお》いね。秋刀魚ほどの脂じゃないし――」

季蔵は焼き上がった下り鰹に旬の酢橘《すだち》を搾《しぼ》ってかけた。

刺身の方には、たまり醬油《しょうゆ》とすり下ろした生姜《しょうが》を添える。

「まあ、食べてみてください」

「三吉ちゃんも一緒にどう？」

おき玖に声を掛けられた三吉は、

「これ、下り鰹ですよね」

念を押して、

「どうしても食わなきゃだめですか」

思い詰めて、べそを掻《か》いたような顔を季蔵に向けた。

「おっとうが下り鰹なんぞ、犬も食わない、猫が食うのは見たことがある。食ったら猫になっちまうって――」

「ふーん、面白いこと言うおとっつぁんね」

おき玖は、焼き上がった下り鰹に箸を伸ばした。

「あたしだったら、美味しいもん食べて、猫になるんだったら、そうなってもかまわないわよ」

箸で摘んだ焼き鰹の身を口に入れたとたん、

「美味しいわよ、これ」

おき玖はうっとりとした表情になった。

「秋刀魚が野性的な男なら、こっちは奥ゆかしい女ってとこかしら」

「本当ですかね」

「いいわよ、食べたくないなら食べなくても。あたしがいただくから」

なおも、おき玖は箸を伸ばし続けて、三吉の腹がぐうと鳴った。

「いいや、もう、猫になっても」

三吉も箸を手にした。夢中で残り少なくなった焼き鰹を口に詰め込む。

「う──」

呻《うめ》いた三吉に、

「あら、うーは犬の鳴き声よ。三吉ちゃん、どうしたの？　猫じゃなく、犬になったの？」

面白がってからかったおき玖に、ごくりと喉《のど》を鳴らして、三吉は焼き鰹を飲み込んだ。

「たしかに美味いっす。これなら、おいら、犬にでも猫にでもなっていいや」

「下り鰹が美味いのは、何も、焼きに限ったことではないんだ。刺身を試してほしい」

季蔵は刺身を勧めた。

「お刺身ねえ──」

おき玖は躊躇《ちゅうちょ》した。

「付けるのが、蓼酢《たでず》なぞじゃないのがねえ──」

初鰹は、蓼酢、辛子《からし》酢、辛子味噌《みそ》で食べるものと決まっていた。

「おいらは食べますよ」

今度は三吉の方が早く、箸を取り上げた。

「さっきはつい、おっとうの言葉なんぞ、思い出しちまって、意気地のねえ始末でしたが、おいら、こう見えても、料理人の端くれです。珍しい食い物となりゃあ、たとえ、化け物になっても、試してみるのが心意気ってもんです」

「あたしだって、料理人の娘ですからね」

おき玖は箸に手を伸ばして意地を見せつつ、

「ところで、犬猫の次は化け物なの？」

引き続き、三吉をからかっている。

「蛸《たこ》って、おいらたちは見るのも、食うのも慣れてるけど、怖そうな顔つきや、足が八本もあっていぼまで付いてるあの姿、化け物みてえで、ほんとは気味悪いですよね。それで、蛸を初めて食った人は、どんな気持ちだったんだろう、死ぬ気で食ったんだろうって思ったんですよ。おいらもそのくらいの心意気を出さねえとって——」

「三吉ちゃんたら、大袈裟《おおげさ》ねえ」

白い歯を見せて笑ったおき玖は、手にしていた箸で刺身を摘み上げた。すかさず、三吉も箸を刺身の皿へ向ける。二人が刺身を食べ終えると、

「どうでした？」

季蔵はおき玖に訊いた。

「まったりしてて、食べたことのない味のお刺身だわ」

開口一番、おき玖は言った。

「でも、あたしは好きよ。烏賊《いか》も蛸も食べつけてるけど、それと同じくらい美味しい」

「おいらは正直、烏賊や蛸より美味いと思いやした。おいら、もともと、たまり醤油が大好きなんです。けど、このどっしりした付けだれに、ぴったり合う刺身って、実はないんですよね。たまりと山葵《わさび》で烏賊や蛸を食っても、たまりの味が勝っちまって駄目。その点、こいつはたまりに負けてねえ。ただし、山葵の代わりに生姜は欠かせねえが、どんぴしゃ、合っちまってる。こくのある付けだれにこくのある刺身、もう、最高でさ」

三吉は絶賛した。

五

烏谷は暮六ツの鐘が鳴り終わらないうちに、塩梅屋の油障子を開けて、大きな丸い顔を覗《のぞ》かせた。

「いつものように、離れで待たせてもらう」

季蔵が下り鰹の刺身と焼き物を運んで行くと、

「これはいい」

烏谷は下り鰹が美味であることを承知していた。

「寒さに近づくほどこってりと旨味《うまみ》が出る。この時季になると、長次郎にせがんで、食わせてもらったものだ」

烏谷は盃を傾けながら、およそ五人前の下り鰹の料理を平らげた。

「お目当ては下り鰹だけとは思えません」

季蔵はさりげなく、話を促した。

「そうだった、いかん、いかん」

烏谷はおどけて片手の掌《てのひら》を頭に当てたが、その目は笑っていない。

「そちに返して貰《もら》いたいものがある」

「何でございましょう?」

「六助《ろくすけ》の家で見つけたというろうかんの根付けだ」

六助というのは、紙屑《かみくず》拾いの六助のことだった。三十年前の呉服問屋やまと屋一家皆殺しの一味だった六助は、その後も身を持ち崩し続け、果ては紙屑拾いとなり、財をなした仲間たちを脅したのが禍《わざわい》して、逆に葬られてしまったのである。

ろうかんの根付けは、六助がやまと屋を襲った際に手にした盗品の一品であった。これには牛の頭が模《かたど》られている。

「只今《ただいま》、お持ちいたします」

季蔵は座敷を出てすぐの納戸を開けた。納戸には熟柿のための木箱や、長次郎の日記や愛読書などが積まれている。

ろうかんは高価であるだけではなく、禁制品である。長屋に置いて、もしものことがあってはと、季蔵は塩梅屋の離れの納戸の奥深くに、手箱に納めてしまっておいたのだった。

「どうぞ」

季蔵が根付けを渡すと、

「見事なものよのう」

手にした烏谷はまじまじと、いささか、奇異な印象の牛の顔を見つめた。

「さすが、銀元吉《しろがねのもときち》の作だ」

「あの銀元吉の作だったのですか」

銀元吉というのは、今から遡《さかのぼ》ること七十年前に一世を風靡《ふうび》したかざり職人で、その技のほどは、日光東照宮の眠り猫などを彫り上げた、宮彫の左甚五郎《ひだりじんごろう》に並ぶとされている。神田《かんだ》の銀《しろがね》町に住んでいたので、人々は銀元吉と呼んでいたのである。

——銘印はあったろうか。あったのなら気がついたはずだが——

「ここに元とあるだろう」

烏谷は根付けを裏返して季蔵に見せた。

「元吉の若い頃の作なので、元とだけ印したものらしい」

「なるほど」

季蔵は頷《うなず》いたものの、烏谷の真意のほどがはかりかねた。

——御奉行は食だけではなく、骨董《こっとう》の名品にも興味を持たれるようになったのだろうか。

それとも——

「六助の盗品は根付けだけではなく、簪《かんざし》もあったはずです。簪はどうなったのでしょう

たちに訊いてみた」

「その点はわしも気になって、六助を殺《あや》めたとそちに白状した、松島屋《まつしまや》の徳兵衛《とくべえ》の家の者
か？」

松島屋の徳兵衛は庄内屋《しょうないや》の清兵衛《せいべえ》同様、盗品を元手に財をなした、かつての盗賊の一人であった。毒を呷《あお》った徳兵衛の死も、公《おおやけ》には病死とされている。

「徳兵衛の隠居所や数多い蔵も改めさせたが、どこからも、ろうかん細工の簪は出てこなかった」

「六助に強請《ゆす》られていた徳兵衛は、金と引き替えに簪を手に入れたと言っていました。その簪がないというのは、どういうことでしょうか。盗まれたとしか考えられません。いったい、誰がどんな目的で盗んだのか――」

季蔵には見当もつかなかった。

「一応、盗《ぬす》っ人《と》の見当はついているのだが」

そう告げた烏谷の顔は晴れていない。

「誰なのですか？」

「亀井町にある骨董屋千住屋《せんじゅや》の主だ」

亀井町の千住屋といえば、簪や櫛《くし》、根付けなど、身に付けたり、携えたりする、細かな骨董の良品を扱うことで知られている。

「骨董の簪などを売っているだけで、盗っ人と決めつけるのはいかがなものかと――」

烏谷らしくもない勇み足だと季蔵は思った。すると、

「千住屋は何と銀元吉の孫に当たる。偉大な祖先元吉の作を収集していて、どんな小さなものでも、大金で買い取っていたそうだ。相手が大名家であっても、尻込みなどしないのだとか——。そもそもは千住屋の蔵から、元吉の手がけた作品の絵図帖が出てきたのが、収集の始まりだったと、千住屋の主松五郎《まつごろう》は言っている。わが子同然の作品と別れるのが辛《つら》くて、絵図帖を遺した祖父元吉の想いを叶えてやるのが、せめても、多少の財に恵まれるようになった子孫の務めだと——」

烏谷は深く感じ入った口調で、

「なかなか見上げた心根だ」

と続けた。

季蔵はその通りではないかと思ったが、

——それでなおかつ、御奉行が疑いを持たざるを得ないのは、よほどの証《あかし》があるのだろう——

烏谷は、懐から手巾《しゅきん》を取り出すと、それまで手にしていた根付けを手巾に挟み、懐に納めた。

「ところで、卒中で死んだことになっている米問屋庄内屋の隠居清兵衛のところに、水晶で出来た、牛の文鎮があったことを覚えておるか？」

庄内屋の隠居清兵衛もかつては六助と一緒に、呉服問屋のやまと屋を襲った盗賊の仲間

であった。それゆえ、盗品を隠していたのである。

「はい。その根付けが元吉作となると、あれも元吉の手によるものでしょうか。同じ牛ですし、顔もよく似ていました」

「そうだ。あれが無くなったのだ。庄内屋の主は、父親が盗賊だったとは夢にも知らない。あの時は、行きがかりで、形見分け云云《うんぬん》と言ったが、見事な品ゆえ、大事にされよ。と結局は、遠慮した、あれだ。しかし、後日、わしと、よしみを通じるよい機会だと思ったのだろう。文であの文鎮を是非形見分けとして収めて欲しいと言ってきた。本来なら誰ぞを遣わすのだが、あまり表沙汰《おもてざた》にしたくなかったので、わしが足を運んだところ、隠居所の簞笥《たんす》の引き出しにあったのは、水晶などとは似ても似つかない、ただの石が牛の寝姿に荒く彫られているだけのものであった」

「すり替えられたのですね」

「そうとしか考えられないと、庄内屋の主は言っている。わしに文を届けた三日前までは、たしかに引き出しにしまわれていたという」

「盗品がすり替えられて、また、盗まれたことに、御奉行は何か複雑な事情があるとお思いなのでしょう?」

「その通りだ。千住屋は清兵衛の庄内屋に出入りしている。以前、偶然に銘に元とあるのは、元吉のことだと知り、牛の文鎮を譲ってくれと通い続けたことがあるそうだ」

「清兵衛は盗品を見せたのですか?」

「家の者に訊いたところ、あの文鎮はずっと隠居所の文机《ふづくえ》の上にあったのだそうだ。三十年も前のことなので、清兵衛もつい、気が緩んだのだろう。あるいは、あの見事な牛の姿に惹《ひ》かれて、日々、手元で見ていたかったのかもしれない。それを、千住屋が目ざとく見つけた。もちろん、清兵衛はこれだけは何があっても、売ることはできないとつっぱねた」

「千住屋は、あれがやまと屋からの盗品であることを知っていたのですか？」

「千住屋に元吉が遺した自作品の絵図帖を差し出させた。たいていのものには行き先が書かれていたが、盗品の根付け、簪、文鎮にはどこへ納められたのかは記されていなかった。ただただ、元という銘と如何《いか》にも、若き日の元吉らしい仕事ぶりに有頂天になったのだろう。千住屋は清兵衛に元吉の絵図帖まで見せて、血縁の元吉への想いを強調、この通りだと頭を下げ続け、夜更けまで粘ったことまであったそうだ。以来、千住屋は出入り禁止にされたが、清兵衛が徳兵衛ほど用心深くなかったのが幸いして、命拾いしたな」

たとえかつての仲間たちを殺しても、共に身代を守り通そうと誓い合った清兵衛を、自ら手にかけたのは徳兵衛であった。

「千住屋は徳兵衛の松島屋にまで、出入りしてたのでしょうか？」

——簪と千住屋が関わっていない以上、やはり、千住屋を文鎮の盗っ人と決めつけるのは早計すぎる——

「清兵衛が死ぬとかけつけてきた。元吉の作品は高価だ。相当の財を貯えている相手のところにしかあるまい。千住屋は、大身《たいしん》の旗本や大店《おおだな》の主や隠居の葬式には、必ず顔を出して、遺品を見せてくれと持ちかけていた。清兵衛の家の者によれば、形見に文鎮を受け取ってほしいとわしに文を届けてきたのは、千住屋に百両もの大金を積まれたのを断った三日後だという。断られた千住屋はせめて、しばらく、眺めさせてほしい、そうすれば、何とか諦《あきら》められるからと、わしが訪ねる前日、庄内屋の隠居所で文鎮の牛を、半日近く見ていたそうだ。存分に見た千住屋が暇《いとま》を告げて帰り、この後、新入りの女中が文鎮を入れた塗り箱を箪笥にしまった。わしが訪れて、蓋を開けるまで、誰もすり替えられていることに気がつかなかったのだ」

六

「その女中に話は訊きましたか？」

「翌朝、女中は使いに出たまま帰って来なかった」

「女中も怪しいとわたしは思います」

季蔵の指摘に、

「たしかにそうだな」

烏谷は浅く頷いたものの、

「市中の質屋や骨董屋を調べ尽くした。だが、まだ、あの文鎮は売りに出ていない。女中が盗っ人なら、仲間がいて、すぐに売り捌《さば》くはずだ」

「値打ちものなら、上方《かみがた》へ運んで売るということもあるのでは？」

「それもあるな。しかし、千住屋は松島屋徳兵衛の葬式を見逃していないのだ」

さっきの季蔵の問いにここで応《こた》えた。

「とはいえ、徳兵衛の家の人たちで、ろうかんの簪を見た者はいないのでしょう？」

「それはそうだが、千住屋が徳兵衛の松島屋に通って、蔵や隠居所へ出入りしていたのは事実だ。蛇《じゃ》の道は蛇《へび》、骨董屋はお宝のとっておきの隠し場所を、見つけ出すのが上手《うま》いとされている。何かの折に、千住屋は偶然、元という銘を見つけてほくそ笑み、そっと、袂《たもと》に投げ入れて涼しい顔をしていたのかもしれぬ」

「ですが、それを見た者はいないのでしょう？」

――この程度の憶測で千住屋を罪に落とそうとするのは、常の御奉行らしくない――

「無い」

「ならば、千住屋が盗んだ証にはなりません」

季蔵はきっぱりと言い切った。

「だが、千住屋を家捜しする口実にはなる」

烏谷の丸い目が冷え冷えと冴《さ》えた光を放《はな》った。

「それで、簪や文鎮はあったのですか？」

「無い」

「ならば、千住屋は無実です」

「先ほど、そちは上方へ運ぶ話をしたな」

「ええ」

「千住屋の蔵には元吉の作品など、数えるほどしか無かった。集めては高く売れる上方へ送っていたのだ」

「祖先の想いを叶えるためではなかったのですね」

——やはり、人は皆、金か——

季蔵は失望を隠せなかった。

「それだけではない。残っていた元吉の作品の中には、贋作《がんさく》が含まれていた。千住屋は元吉の作と称して、かなりの数の贋作を上方へ売っていたと白状した」

「そうだとすると、本物と贋物をすり替えることなど、たやすいことだったのでしょうが——」

「それで、盗っ人は千住屋と決まった。近く仕置きになる」

さらりと言ってのけた烏谷は、

「実を言うと、この件は、そちも顔を合わせたという清水佐平次が当たった」

——そうだったのか。それで、御奉行らしからぬ、強引な当て推量が多かったのだな。そうは言っても、終わりよければ、すべてよしではあるが——

「内与力のお役目とお聞きしました」

「あやつの仕事ぶりをどう思う？」

烏谷はじっと季蔵を見据えた。

「いささか、思い込みが強すぎる調べとは思いますが、時には、それが何よりということもあります」

「認めてやってくれたか」

烏谷は笑みをこぼした。

「わたしが認めるなど、滅相《めっそう》もございません」

「そうはいかん。これは大事なことだ」

大きな烏谷の目が、季蔵の心の奥を見通すかのように見つめている。

「お忘れになっては困ります。わたしは先代同様、御奉行に仕える身でございます。かくなる上は、ひたすら、御奉行の命《めい》に従うのみなのです」

「それでは申そう」

烏谷はよく光る両目を、季蔵にではなく、壁に据えた。

「清水佐平次を我らが仲間、そちの弟分としたい。今、ここで、あやつは、内与力にして隠れ者となるのだ」

「わかりました」

「承知してくれるのだな」

「はい」

烏谷には相応に対したものの、

――御奉行は清水佐平次様をどれほどご存じなのだろうか――

気にかかった季蔵は、翌日立ち寄った岡《おか》っ引《び》きの松次《まつじ》と、北町奉行所同心の田端宗太郎《たばたそうたろう》に訊いてみた。

「清水佐平次様は、御奉行様、烏谷様の御家中《ごかちゅう》の方なのでしょうか」

内与力の主な仕事は、普段疎遠な者同士である奉行と、与力以下同心たちとをつなぐ役目であり、奉行職の家の家臣が務めることが圧倒的に多かった。

「いや、清水佐平次は去年病死した兄清水真一郎《しんいちろう》の跡を継いだ、臨時廻《りんじまわ》り同心だ」

娘岡っ引きのお美代《みよ》と祝言《しゅうげん》を挙げて間もない田端は、以前とは比べものにならないほど、顔の色艶がよくなっている。

「これは美味いな」

松次が顔をしかめて箸を伸ばそうとしない、下り鰹の刺身に舌鼓《したつづみ》を打っている。このところ、お美代に諭《さと》されでもするのか、酒の量が減り、代わりに口数が増えている。

「清水様のお兄様が臨時廻り？　まだ、お若かったはずでは――」

臨時廻りは定町廻《じょうまちまわ》りの援軍で、年齢が来て定町廻りを退いた者がほとんどであった。

「兄弟の父親の清水権八郎《ごんぱちろう》は、定町廻り筆頭の職にあって、当時、市中を震撼させた盗賊の一味と刃を交え、悪党たちと死闘を続け、一人残らず、相手を斃《たお》したが自らも命を落とした。北町奉行所始まって以来の伝説の雄と称されている。そんな父親の七光りで、嫡男の真一郎にも、定町廻りのお役目が用意されていた」

ちなみに同心職には、大きく分けて、内役と市中を見廻る外役があり、締めて約二十数種類ものお役目があった。

その中でも、町人たちの日々の安全を守る定町廻りが出世頭であった。定町廻りが見廻りと称して訪れるのは、塩梅屋のようなささやかな一膳飯屋だけではなく、

「旦那、これをまあ、お一つ」

小判の包みをするりと懐に滑り込ませる大店もあり、結構な役得が期待できたからである。

「といっても、あの旦那は巻き羽織ばかり恰好をつけて――」

松次は好物の栗飯の三杯目を掻き込んでいた。足に怪我をした松次は、しばらく、お役目を休んでいたが、今はすっかり元気になっている。下戸《げこ》の松次は光徳寺の住職や烏谷同様、食にうるさい方であった。

田端が美味そうに下り鰹の刺身を摘んでいるのを横目で見て、

「まあ、ちょいと食ってやってみるか」

松次の口の両端が湿った。

「親分は下り鰹は犬猫が食べるものだとお思いでしょう?」

三吉の言葉を思い出した季蔵は、

「それなら、刺身は後になさって――」

松次の前から、手の付いていない刺身の皿を遠ざけると、勝手口を開け、

「焼きはまだかい？」

裏庭に七輪を出して鰹を焼いている三吉に声をかけた。

「今、ちょうど焼き上がったところで」

美味そうに脂が滴り落ちている焼き鰹が盛りつけられてきた。

「こちらを召し上がってください」

「箸が焼けちまいそうだ」

そう言いながらも箸を動かし続けた松次は、

「見直したぜ、犬猫魚」

ほうっと、皿の上の切り身と季蔵の両方に優しい目を向けた。

「さっきは、巻き羽織のお話でしたが——」

巻き羽織というのは、袴《はかま》は着けず、小袖の着流しの上に、三つ紋の入った黒地の羽織を裾《すそ》を端折《はしよ》って着る。定町廻り同心ならではの着こなしであった。

「おう、そうだったね。清水の旦那、兄貴の方だよ。死んだ人を悪くいうのは、憚《はばか》られるが、あの旦那のよかったのは見栄《みば》えだけだった。ろくに市中を廻ることもなく、定町廻りの仲間に見放されるほどで、それが与力の旦那の耳に入っても、誰も庇《かば》わなかった。それで、年寄りばかりの臨時廻りに落とされたんだとさ。そうそう、旦那の死ぬ前の年、死んだ奥様もいい器量だったね。多少、はかなげで幸薄そうだったが、まあ、美人薄命っていうじゃねえか」

「今の清水様の評判はいかがなのです？」

季蔵は思いきって訊いた。

――飾らないよい人柄に見えたが――

「弟は申し分ねえ。勤勉この上なく、身分さえ許すなら、昌平《しょうへい》坂へ行って学んでもおかしくねえ学力の持ち主ながら、少しも傲《おご》ったところがねえし。ちなみに剣の腕は直心影《じきしんかげ》流の手練《てだ》れだ。御奉行様は、兄貴に代わって家督を継いだ清水の弟を、臨時廻りにしておくのは惜しいと、内与力にと昇格させなすったんだろう。同心から内与力になるのは特別の特別、大抜擢《ばってき》だ」

松次が折り紙をつけた。

――なるほど。御奉行が清水様を内与力に引き抜いたのは、従来の取り次ぎの役目を越えた大役を命じるためだったのか――

今更のように、季蔵は烏谷の炯眼《けいがん》に心服した。

七

――御奉行の御判断を疑ったわけではなかったが――

季蔵は清水に向けて微笑んでいた瑠璃の顔を思い出し、

――あれだけのことで、清水様を快く思えなかったのかもしれない――

己の心に潜んでいる妬心《としん》を恥じた。

田端と松次が店を出て行った後、

「瑠璃さんに何かあったの？」

おき玖に訊かれた。

「何でそうお思いに？」

季蔵はぎくりとした。

――心の揺れをお嬢さんに見透かされるとは――

「お涼さんのところから帰ってきてから、少し、季蔵さん、おかしいわ。それで、瑠璃さんの食が進まなくなっていて、季蔵さんが案じているのではないかと――」

――あたしは季蔵さんを案じたのよ――

まさか、そこまでは言葉に出せないおき玖であった。

「お嬢さんもご存じのように、今年の栗の甘露煮は今一つだったのですが、好物なので、瑠璃は喜んで食べてくれました」

清水に倣って、押し込むように貪《むさぼ》り食べていた瑠璃の様子を思い出して、季蔵は目を伏せた。

――ああいう瑠璃は見たくなかった――

「だったら、あたしの取り越し苦労だったのね」

「そうですよ」

「それほど栗好きなら、今度は栗飯を運んでさしあげたらどうかしら？」

「ありがとうございます」

礼を言った季蔵だったが、

――栗飯とて、清水様が居合わせていれば、瑠璃は共にがつがつと食べて、微笑むのだろうか――

一瞬、腹のあたりが焼け付いたような気がした。

「本当によかった。とにかく、瑠璃さんは食べないと――」

おき玖は季蔵に相づちをもとめた。

「ありがとうございます」

重ねて礼を言った季蔵だったが、

――たしかにお嬢さんの言う通りだ。今後、清水様が瑠璃の細すぎる食を、改めてくださるかもしれないというのに――。ただどうしても、瑠璃には、清水様にではなく、このわたしに微笑んでほしい。せめて、わたしを季之助と呼んでくれてもいいのでは――ただただ、瑠璃の変化を喜べない自分が後ろめたかった。

光徳寺の住職安徳が塩梅屋に立ち寄ったのは、その翌々日のことであった。

この日は、朝から忙しく、客に土産《みやげ》に持たせる栗飯を豪勢に炊き上げていた。仕込みが一段落ついた、八ツ刻《どき》（午後二時頃）、やって来た安徳は、

「どうしても、長次郎さんに聞いていただきたい話がありまして」

訪ねた理由を口にした。

顔が幾らかふくよかに戻って、この前ほど窶《やつ》れた印象は無かった。

「長次郎さんがうちの檀家なら、墓の前で打ち明けることもできるのですが――」

安徳と長次郎は、あくまで筍が縁で結ばれた友であった。

「ご案内いたしましょう」

出迎えた季蔵は仏壇のある離れへと案内した。

安徳は仏壇の前に座りかけて、

「そうそう、これを」

季蔵に風呂敷に包んだ重箱を手渡した。

「中は柿餅です」

季蔵は白と橙が鮮やかな柿餅を二切れ、菓子皿に盛って仏壇に供えた。

「何とお礼を申したらいいか――。とっつぁんの月命日にでも作って、お嬢さんやとっつぁんをよく知るお客様方に、喜んでいただこうと思っていた矢先でした」

季蔵は感慨深く、

「しかし、これはまさに、御住職がとっつぁんと友人であったがゆえの代物なのですね」

言葉を続けた。

それには応えず、線香を上げ、四半刻（三十分）ばかり、経を唱えてから安徳は切り出した。

「今、あの世の長次郎さんにあることを告げました。おわかりになりますかな」

季蔵は黙って首を横に振った。

「長次郎さんが存命の頃、繰り返し話したことがあるのです。それは人が聞けば、いささか、気がおかしいのではないかと思われがちな話でした。ようは、この世で親しかった者同士のうち、一人が亡くなってしまった場合、再び、話すことができるか、どうかということで――」

安徳は一度、言葉を切った。季蔵は黙ったままでいる。

――ずいぶん、深い話をなさる――

「筍をお役に立てていただいたり、般若湯を酌み交わしたりいたしましたが、実は初めて出会った時の長次郎さんは、怪我をされていたのです。幸い深手ではなかったので、手当をしてさしあげたのが、つきあいの始まりです。その後、酒を飲んでは、その時のことを思い出すのか、長次郎さんは、刃物によるあの傷が、二寸（約六センチ）逸れていたら、心《しん》の臓に達して、冥途《めいど》行きだったと繰り返しおっしゃいました。それがきっかけで、この世とあの世は通じているものか、どうかという話をするようになったのです」

――とっつぁんは御住職に助けられていたのか――

季蔵はつい、探るような目を安徳に向けた。

――もしや、御住職はとっつぁんの裏稼業を知っているのでは？――

しかし、

「いついつまでというきまりがないのが命。あの時の長次郎さんのように、いつ、どこで、ごろつきに言いがかりをつけられるか、わかったものではないのですから」

――とっつぁんは襲った相手はごろつきだと言ったのだな――

季蔵はほっと胸を撫《な》で下ろし、安徳は話の先を続けた。

「拙僧がこの世とあの世は仏様のはからいで通じていると申しますと、長次郎さんは魑魅《ちみ》魍魎《もうりょう》をこの世に放たないために、固く門戸を閉ざしているのが仏様の御慈悲だとおっしゃいました。二人は互いに譲らず、とうとう不届き千万な賭《か》けをしたのです。どちらかが、先に仏の元へ行くことになったら、必ず、もう一方の夢枕《ゆめまくら》に立つようにと――」

「それで、とっつぁんに会うことはできましたか?」

思わず、季蔵は身を乗りだしていた。事あるごとに、長次郎の言葉は思い出しても、その姿に夢で会ったことはまだ一度もなかったからである。

首を横に振った安徳は、

「長次郎さんはこうもおっしゃいました。自分が先に死んで、夢枕に現れることがないからといって、悲しんでほしくないと。待てど暮らせど夢に出て来ない時は、この塩梅屋に立ち寄って、新しい主の料理を食べて、話をするようにと。長次郎さんはこの世とあの世をつなげることはできないが、この世に自分の魂の一部を託して逝くことはできるとお考えでした。長次郎さんの魂とは、塩梅屋の料理と今の主であるあなたです。拙僧は先ほど、長次郎さんの仏前で、賭けに負けたことを認めました。かくなる上は、飲み友達のよしみで、残しておいてくれた魂に触れさせていただきたいのです」

──もしや、僧籍にあるこの方でも道に迷うことがあるのではないか──

季蔵は光徳寺に栗の甘露煮を届けに行った時、安徳が憔悴《しょうすい》しきっていたことを思い出した。

栗飯としめじと湯葉の吸い物でもてなすと、

「栗飯の美味さには言葉もないが、汁は昆布出汁にしては味が丸く深い」

安徳はため息をつきながら箸を使った。

「昆布出汁にほんの僅か、昆布風味の煎り酒を加えているのです。湯葉に煎り酒は相性がよいものですから」

煎り酒とは、醤油の代用品として発達した独特の調味料で、酒に梅干しを煮出して漉したものが基本であった。

塩梅屋では酒と梅だけの煎り酒を、梅風味の煎り酒、または長次郎直伝とし、これに、鰹節を加える鰹風味、昆布と一緒に煮る昆布風味、味醂でこくを出す味醂風味の三種を、季蔵が考案したのだった。

「なるほど、深く丸いのは梅の味ゆえだったのだな。水墨画で巧まずして滲《にじ》んだ一筆の絶妙さを想わせる」

唸《うな》った安徳は、

「何やら、じめついていた気分が晴れました。どうしようかと思っていた迷いもなくなりました。年甲斐《としがい》のない馬鹿話と笑われてもいいような気さえしています。ただ、このことは、どうしても、どなたかに聞いて、共に笑っていただきたい。一つ、長次郎さんに代わって、拙僧の話をお聞きいただけませんか」

ほころんだ顔を季蔵に向けた。

「わたしでよろしいのでしょうか」

――とっつぁんなら、いざ知らず、わたしはまだ、御住職の打ち明け話など聞ける器ではない――

困惑した季蔵は恐る恐る念を押した。

そんな季蔵の胸中を見透かしたのだろう、

「それでは、長次郎さんがこの世に残した魂にお話しすることにいたします」

第二話　菊花酒

一

「人というものが、おぎゃあと生まれた時から、たいそう罪深いのは、欲ゆえだからだと言われています。その欲の助長を戒《いまし》めて生きるよう諭《さと》しているのが、仏の教えでもあるのですが、どんな欲か、ご存じですか」

安徳《あんとく》の話は説法のように始まった。

「金欲、食欲、色欲――ですか？」

「その通りです。拙僧は仏に仕えると決めて、生きてまいりましたから、極力、欲から離れたいと念じてきました。金欲というのは、蔵にどんなに金が唸《うな》っていても、天井知らずにもっともっと欲しいと切望する、大商人が最も強く持ち合わせている代物です。もとより、貧乏旗本の三男だった拙僧とは無縁な欲でした。幸いにもこれには悩まされずに来ました。次に食欲ですが、人一倍、美味に目がないことは認めます。けれども、金に飽かして頂くほど金はありません。長次郎さんと親しくなってからは、勧められて、それまで禁忌だった魚の刺身や、鴨鍋《かもなべ》をこっそり口にするようになりましたが、それ以外は、八百良《やおりょう》のような高級料亭に上がるわけでもなし、四季折々、分相応の料理に舌鼓《したつづみ》を打つ程度に止《とど》めています」

そこで一度、安徳は言葉を切った。

——すると、御住職が悩んでおられるのは——

「恥ずかしながら色欲なのです。実にこれは厄介でして——」

安徳は気持ち頬《ほお》を染めた。

「白髪の老婆に色欲について問うたところ、黙って、火鉢の灰を掻《か》き混ぜていたという話が有名です。死んで灰になるまで、女は若い頃同様、女なのだという意味なのですが、男もそうは変わるものではないのです」

——お痩《や》せになったのは、恋窶《やつ》れだったのだろうか——

季蔵《としぞう》は目を瞠《みは》る代わりに膝《ひざ》元に落とした。

「わたしが若い女子《おなご》に懸想《けそう》したとお思いでしょう?」

「いえ、そんな——」

言葉で打ち消しつつ、

——卑しくも僧籍にあるお方だ——

「懸想したのではなく、し直したというべき成り行きでした。かつて恋仲だった相手なので若い女ではありません」

――昔、好いていた女だったとは――。

知らずと季蔵は顔を上げ、安徳をじっと見つめていた。

――どんな成り行きで別れたのか――

「拙僧の顔に何か付いていますか？」

安徳は怪訝《けげん》な顔になりかけて、

「拙僧も昔は、こんなに丸々と肥えてはおりませんでしたし、自分で申すのも何ですが、美丈夫《びじょうふ》を見込まれ、あちこちから、婿養子にと望まれたものなのです」

両の掌で、ぷくぷくした頬や突き出た腹をぴしゃりと叩《たた》いた。

「拙僧にも若い頃がありまして――」

「察せられます」

「相手は置屋《おきや》の娘でした。翠《みどり》という名でした」

置屋は宴席に侍《はべ》る芸者娼妓《しょうぎ》を多数抱えていた。

「置屋の娘というからには、女将《おかみ》の実の娘ではありません。いずれ、看板芸者になる運命の養女でした」

「さぞや、美しい方だったのでしょう」

器量を見込まれなければ、計算高い置屋の女将が養女になどするはずもなかった。

「翠は華やかな娘でした。そこに居るだけで、大きな赤い牡丹《ぼたん》か、芍薬《しゃくやく》が咲き誇っているかのような――。あんな見事な花には以来、一度も出遭ったことがありません」

——御住職はずっと、この翠さんだけを想《おも》い続けて来られたのだ——

季蔵は胸にしんと染み渡る、たまらない切なさを感じた。

「あの頃、名刹《めいさつ》である鎌倉の禅寺で、修行をするよう、親戚の叔父《おじ》に勧められていました。叔父は拙僧が勉強熱心な上、信心深いことを知って、婿養子として肩身の狭い人生を送るよりも、ひとかどの僧侶《そうりょ》として名を残す方が家名を高めるはずだと、両親を説得したのです。菩提《ぼだい》寺での住職の説経や、仏の言葉に惹《ひ》かれていた拙僧にとって、名刹での修行は魅力でしたが、何より、叔父に説得された両親の強い希望でもあったのです。拙僧と翠は、互いに一目惚《ぼ》れし、相思相愛となりましたが、所詮《しょせん》、結ばれることはあり得ませんでした」

——たしかに、これ以上はあり得ないと思えるほど、好き合っていても、結ばれることができない男女はある——

季蔵は瑠璃《るり》の面影を振り払うようにして、家を後にした出奔《しゅっぽん》の夜のことを、昨日のことのように思い出していた。

「拙僧は後ろ髪を引かれつつ、ある日、鎌倉へと向かいました。翠への文《ふみ》は拙僧が発《た》ってから届くようにしたのです」

——わたしの出奔を知った瑠璃はどれほど、打ちのめされたことだろう。あの時、わたしが——

「修行も家も捨てて、翠さんと暮らすことはお考えではなかったのですか？」

「一瞬、そんなことも頭をよぎりました。ですが、拙僧はそれまで、書物を読むことしかしたことがなく、剣術も全く駄目でした。翠だって、将来の稼ぎを当てにされているせいで、どこぞの大店《おおだな》のお嬢さんと見紛《みまが》うほど、いつも贅沢《ぜいたく》な形《なり》をしていました。そんな世間知らずの二人が、誰の助けも借りないで、暮らしていけるとは、とても思えなかったのです」

――わたしもあの時、そう思ったが――

「それで、翠さんはその後？」

「江戸市中で、その名を知らぬ者はないとまで言われた芸者になったと聞きました。紅吉《べにきち》という名でしたが、もう、四十年も前のことです。あなたはご存じないでしょう」

「残念ながら。紅吉さんは今、どうして？」

季蔵は多少浅くなった安徳の豊齢線を見つめた。

――御住職は紅吉、いや翠さんと再会したせいで、このように思い悩むようになったのだから――

「これもまた、江戸で指折りの材木商に落籍《ひか》されたと聞きました。ここまでは噂《うわさ》で聞いたのですが、この後は翠自身から聞きました。どこからか、聞きつけて、翠が拙僧のところを訪ねてきたのです」

――覚えていて訪ねて行ったのか。これは翠さんが、年齢こそ重ねていても、健《すこ》やかな証《あかし》だ――

季蔵は安徳が羨《うらや》ましくなった。

「さだめし、驚かれたことでしょう」

「初めは驚くばかりで、次には嬉《うれ》しさで胸が苦しくなりました。胃の腑《ふ》のあたりも重くなって——。心《しん》の臓が止まるのではないかと案じたほどです。ええ、まさに、忘れていた恋心が戻ってきたのです」

安徳は真っ赤になって、

「翠は目尻に皺《しわ》こそ出来ていましたが、昔と変わらず綺麗《きれい》でした。昔は牡丹の花のようだったのが、今はあろうことか、眩《まばゆ》い光の中に佇《たたず》んで微笑《ほほえ》む、観音菩薩《かんのんぼさつ》様さながらに見えたのです。もしかして、観音菩薩様が翠の姿で、拙僧のところへおいでになったのではないかと思ったほどでした」

——瑠璃もその姿は、少しも変わってはいなかった——

季蔵は雪見舟での瑠璃との再会を心に浮かべた。

安徳は先を続けた。

「翠はわたしが別れを告げてからのことを、一部始終、語ってくれました。材木商の妾《めかけ》になったのは、置屋の女将の差し金でした。金欲しさでした。その材木商が積んだ金は八百両という、途方もない額だったのです。一代で財をなした材木商は高齢で、妾宅《しょうたく》へは一年と通わないうちに亡くなり、寄る辺《よべ》のない翠は、着のみ着のままで妾宅を追い出され、初めは習い覚えた三味線《しゃみせん》で暮らしをたてていたのですが、刃物沙汰に巻き込まれ、腕に深手を負って三味線を弾けなくなったのです。その後は――」

――瑠璃とて、わたしが去った後、あの性癖の悪い鷲尾《わしお》影守《かげもり》の側室になるしかなかった。

言葉には尽くせないほど酷い成り行きだったはずだ――

「翠は年齢《とし》を十歳は若く偽って、商売をしていると言いました。必死に年齢を隠しているのだと。そうしなければ、今、一緒にいる男からたいそうな仕打ちを受けるのだとか――」

安徳は顔を歪《ゆが》めて、

「年齢のせいもあるが、もう耐えられないと翠は泣きました。次々に、若いだけが取り柄の遊び人に関わってしまうが、その男たちの面差《おもざ》しはどことなく、別れた時の拙僧に似ているとも言って、泣き続けるのです。あの時、別れを告げたのは拙僧の方です。拙僧のせいで、翠はここまで酷い人生を送る羽目になったのだと思うと、拙僧の胸は益々苦しく、胃の腑は一日、何も食べたくないほど、悔恨で一杯に膨れました」

「翠さんを何とか、助けようとなさったのですね」

自分でも、間違いなく、そうするだろうと季蔵は思った。

二

「翠の相手の男には、博打《ばくち》で拵《こしら》えた八両の借金があったのです。拙僧は男に会って、それを肩代わりする代わりに、翠と別れてやってほしいと頼みました。男は別れるのなら、八両では安すぎる、色をつけろと言い出し、十両で折り合ったのです」

——十両といえば、たいした額だ——

季蔵は決して豊かと思えない、雨漏りのする光徳寺の本堂を思い出していた。

「それで翠さんは自由の身になったのですか」

安徳は首を横に振って、

「今度は男が江戸を出る支度金に、五両、よこせと言ってきました」

「その上にですか？」

苦笑した安徳は、

「すんなり十両、用意できたので、もっとふんだくってやろうと欲をだしたのです。しかし、拙僧には、あれが精一杯でした。寺の品々に手をつけることはできません」

「それで、この間は——」

季蔵は再び、窶れ果てていた安徳を思い出した。

「栗の甘露煮をお届けいただいた時は、金のことばかり考えていたのです。いっそ、この命と引き換えにどなたか、五両恵んでくださらないかと、僧籍にあるまじきはしたない思いさえ、浮かんでは消え浮かんでは消えしていたところでした」

——そこまで思い詰めておられたのか——

季蔵は胸が詰まった。

「それで五両は？」

「あなたの栗の甘露煮にこれを――」

安徳は胸元をくつろげ首に掛けている守り袋を首からはずし、中から小さな金の仏像を取り出した。

「この仏像は拙僧を僧籍にと見込んだ父方の叔父が、〝おまえが持っていた方がよかろう〟と言って贈ってくれたものです。これを栗の甘露煮と一緒に翠のところへ届けてもらいました。〝どう工面しても、拙僧に出来るのはここまでだが、許してほしい〟と文を付けて――」

「――しかし、今、持っておられるということは――」

「翠は仏像と文を返してきました。文には、〝実はあなたを騙《だま》していました〟と始まる、詫《わ》びの言葉が並んでいたのです」

安徳はうなだれた。

「すべては金のためだったのですか」

――これもまた、切なすぎる――

季蔵は心の中でため息をついた。

「翠はその男のことを、〝切っても切れない腐れ縁、でも、愛《いと》しい人〟と書いていましたから、惚れていたのでしょう。〝想う男のためなら、たとえ、火の中、水の中という覚悟で生きてきた〟とも書いてありました。翠は男と金のために拙僧を騙したのです」

「それなら、どうして、その仏像が御住職のお手許に戻っているのかと――」

「翠は、〝栗の甘露煮は好物なので受け取っておくが、仏像は抹香臭いのでご免だ〟と文の最後を締め括《くく》っていました」

「それは謝罪の文言《もんごん》ですね。御住職からの品が届いた時、相手の男は留守をしていたのでしょう。居合わせていたら、それを返させたりしなかったはずですから。せめても、翠さんの良心のなせる行いだったのです」

「立場が逆転して、説法のようなお話ですね」

安徳は苦く笑った。

「これは申しわけございません。立場もわきまえずに――」

「いいえ、よろしいのです。今回のことは、拙僧自身、どうして、ここまでのぼせあがって、我を忘れてしまったのか、今、思うと穴があったら入りたいような心持ちなのですから。あなたのおっしゃる通り、翠の良心が、これを拙僧のところへ戻してくれたのかもしれません」

そう言った安徳は仏像を掌にのせ、

〝南無《なむ》阿弥陀仏《あみだぶつ》、南無阿弥陀仏〟

と念仏を唱えつつ、深く深く頭《こうべ》を垂れた。

この後、翠に届けてしまったと聞いた季蔵は、

「まだ栗の甘露煮はございます。召し上がりませんか」

「いただけるものなら」

にっこり笑った安徳に、燗酒《かんざけ》と栗の甘露煮を供した。

酔いが回ってくると、

「この話、どう取り繕《つくろ》っても、結局は助平《すけべい》坊主のしくじりってことになるのでしょうね」

安徳は自虐的になった。

「自分でもそう認めざるを得ないのですが」

眉《まゆ》を寄せて肩を落とした。

「年齢を経ても、色気のあるのは、人らしくてよろしいではありませんか。うちにも、それが自慢のお客様がおいでです」

季蔵は一日として、女の話を欠かしたことのない、数寄屋《すきや》町の履物屋の隠居喜平《きへい》のことを思い出していた。

安徳と翠の顛末《てんまつ》を聞き終わったとたん、季蔵の心から悲しげな瑠璃の面影がすっと消えた。

――御住職と翠さん、わたしと瑠璃とでは、経緯《いきさつ》の似ているところはあっても、やはり別なのだ――

「人らしいか――仏の弟子になった長次郎《ちょうじろう》さんも、よく、そんなことを言ってました。あなたもお聞きになっていたのですね」

「いや、聞いていません」

「それなら、やはり、あなたは長次郎さんの遺《のこ》していった置き土産《みやげ》に違いない。心のどこかに長次郎さんの魂が宿っているのです」

再び元気を取り戻した安徳は、心からうれしそうに笑った。

勝手口から、三吉《さんきち》が安くて評判のいい下り鰹《がつお》を焼く匂《にお》いが流れてきた。

「おや、いい匂いですね」

「下り鰹です。お勧めしようかとも思ったのですが、僧籍にあられるので、禁忌であると思い、ご遠慮いたしておりました」

「禁忌は長次郎さんに破らされました。長次郎さんは、僧侶たるもの仏に仕えつつ、人らしく生きるものだとおっしゃって、それにはまず、一番に、人が美味《うま》いと味わうものも、食べてみるべきだと——」

——何と、とっつぁんが、僧籍にある方にここまでの説法をしていたとは——

季蔵は唖然《あぜん》とした。

——とっつぁんという人は底知れず深い——

「それで拙僧は、今まで控えていた生臭《なまぐさ》ものを、時には口にするようになったのです」

「それでは是非、召し上がってください」

季蔵は下り鰹の刺身と焼き物を用意した。

次々に箸《はし》を付けた安徳は、

「美味い」

感動の声を洩《も》らしたが、その目は驚いてはいない。

「実はこれ、寺の庫裡《くり》で、柿餅同様、長次郎さんが拵えてくれたことがあったのです。拙僧が、生臭ものは美味いというが、どれほどなのかと詰め寄った時だったと思います」

「その時、とっつぁんはどんなことを話していましたか？」

長次郎は下り鰹の料理を店で出したことはなかった。

「拙僧が〝こんな美味いものは初めてだ、こんなものが食えるなら、毎夜毎夜、塩梅屋へ通う客の気持ちもわからないではない〟と言うと、〝下り鰹は美味いが後悔の味がするんで、店では出さないことにしてる〟と真顔で返してきました」

――後悔の味――

「その時、拙僧は、初物好きの江戸っ子は、馬鹿高い初鰹を有り難がって、下り鰹となるとそっぽを向いてしまうから、客に出したことを、後悔するからだろうと思っていましたが――」

「そうではありませんね。下り鰹は戻り鰹とも申します」

季蔵の呟きに安徳は箸を止めて、その先に耳を傾けた。

「戻り鰹はさらりとした初鰹と違って、産卵と冬の寒さに備えて身に脂を貯えていて、濃厚この上ない味です。同じ魚とは思えないほどの味の違いです。同様に過ぎゆく歳月も人の境遇を変えて行きます。とっつぁんが、戻り鰹は美味ではあっても、後悔の味がすると言ったのは、人それぞれの過ぎた歳月に例えたのでしょう。過去は誰でも苦いもの、青葉の似合う初鰹のように、若かった頃には、もう二度と帰れないのです」

「なるほど」

頷《うなず》いた安徳は自分と翠との縁に、季蔵自身は瑠璃とのことに思いを馳《は》せていた。

――わたしは御住職と同じで、昔の夢ばかり追いすぎているのかもしれない――

三

主家を出奔した季蔵を、実家では死んだものとして主に届け出ていた。季蔵にとって、血の通った家族はあって無きが如《ごと》しであった。

堀田《ほった》家の家督を継いでいる弟成之助《しげのすけ》と、奇しくも再会し、祝言が近いと知ってからは、なおさら、季蔵は生家はこの世に無いものと思い切っている。

〝武士たるもの、如何《いか》なる理由があろうとも、主家からの出奔は許されぬもの。武士のわたしは死んだのだ〟

雪見舟から姿を消した瑠璃も死んだものとされていた。

〝だが、瑠璃の方は――〟

武士だった頃の季蔵の面影をもとめて、瑠璃は清水《しみずさ》佐平次《へいじ》を〝季之助《としのすけ》〟と呼ぶ――。

〝正気なら、共に過去を捨てて手を携《たずさ》え、町人として生きても行けるものを――〟

季蔵はたまらない気持ちになった。

そんな季蔵の元に、弟成之助から文が届いた。

文には会ってどうしても、伝えたいことがあると書いてあった。場所と日時が決められている。

良効堂《りょうこうどう》は老舗《しにせ》の薬種問屋である。成之助が良効堂を指定したのは、成之助の妻琴《こと》がこの店の主の妹であり、長次郎の時代から塩梅屋が出入りしていて、偶然、兄弟が再会した奇縁の場所ゆえであった。

良効堂は、代々、見事な薬草園を受け継いできた。長次郎がしばしば良効堂を訪れていたのは、出張料理を届けるだけではなく、料理に薬膳《やくぜん》を試してみようかと思いついた時、ここの薬草を摘ませてもらうためだった。

しかし、今、その薬草園は、見る影も無かった。春に火事に見舞われ、裏庭の木々と銀杏《いちょう》の木だけが奇跡的に難を逃れていた。

〝たしかに、あそこなら、また、出会ったとしても、おかしくないな〟

翌日、季蔵は良効堂を訪れた。

「塩梅屋でございます。お邪魔いたします」

店先の手代《てだい》に挨拶《あいさつ》をすると、

「裏庭にご用ですね」

相手は心得た返事をして、

「どうぞ、このまま、おまわりください」

「ありがとうございます」

「ただし、たいていの草木は葉を落とす時季なので、お役に立つものでしょうかね」

やや年齢《とし》のいったこの手代は薬膳に興味を示して、あれこれきいてくるのが常であった。

「ここには、遅く実をつける梨の木がありますし、山芋や落花生の実も今頃がいい頃合いかと思います」

咄嗟《とっさ》の言葉であった。

――目的が他にあるのだと知られてはならない――

もっとも、良効堂の裏庭には、薬草だけではなく、山菜や野草、滋味のある青物の類《たぐい》も植えられていて、手代は、

「なるほど、なるほど。これからの薬膳は根を食するものですね」

大きく何遍も頷いた。

成之助の後ろ姿は、小さな実をつけている梨の木の下にあった。

――相変わらず、怒ったような背をしている――

成之助はとかく、緊張しやすい気質《たち》だった。

「堀田様」

誰が聞き耳を立てているかわからない。

「兄上」

成之助が振り返った。

なつかしいという想いが目に溢《あふ》れている。

――成之助――

「祝言のことも伝えられず、呼ぶこともできず――」

成之助は目を伏せた。

「その話はもういい」

季蔵は油断なく、あたりを見回している。

「大丈夫です。ここからの声は、よほど近くに人がいない限り、届きません」

たしかに梨の木は、裏庭のほぼ中央に立っている。

「話というのは？」

季蔵は先を促した。

――そう長く、一緒に居ては怪しまれる――

「これです」

成之助は袖《そで》を探ると女物の数珠を取りだした。数珠は小粒の黄翡翠《ひすい》の玉が連なっている。

黄翡翠はろうかんの仲間である。

「これはたしか――」

季蔵は息を呑んだ。

「数少ない堀田家の家宝の一つではないか。長崎奉行にまでなられた先代影親《かげちか》様から、父上が拝領したもの――」

季蔵の父季成《とししげ》は、鷲尾家の嫡男影守の養育係を務めたのち、書き物の才を見込まれ、主君影親に任されて、鷲尾家の家史を書くよう命を受けた。家史の出来映えにいたく感心した影親から、黄翡翠の数珠を賜《たまわ》ったのであった。

「黄翡翠など、当家には過ぎた恩賞でありましたが、女物とて、母上の持ち物となったことは兄上もご存じですね」

「恐れ多かったのだろう。母上はお使いになっている様子はなかった」

「その通りです。兄上が出て行かれた後も、母上は一度もお使いになっておりません。兄上に渡すために」

　そういうと成之助はその数珠を季蔵に差し出した。

「どうか、受け取ってください。母上のお気持ちです。母上は兄上の妻となる瑠璃殿に譲るつもりでおられました」

「聞いていない話だ」

「兄上はあまりにも、突然、出て行かれたので、母上はそのことを話すことができなかったと悔いています」

「今更、何を言い出すのだ？　そのような家宝を、家を捨てたわたしがなにゆえ、受け取ることができようか――」

　季蔵は大きく首を横に振って、

「母上がその数珠を瑠璃にとお思いになったのは、わたしが嫡男として堀田家を継ぐとお思いになっていたからにすぎぬ。今の当主はそなただ。そなたの妻、琴殿に譲られて然《しか》るべきであろう」

と続けた。

「琴はもう何もかも知っております」

「琴殿にわたしの素姓を話したのか」

季蔵の声が尖《とが》った。

――成之助は隠し事が出来ない性質《たち》でもあった――

「琴はもう、堀田家の女子です。相応に対するべきだとそれがしは思って、打ち明けたのです。兄上もお会いになっておわかりになっているように、あの通り、思慮深く、しっかりした気性です。話したからといって、堀田家の事情を他へ洩らすことは断じてありません。実の兄であるここの主佐右衛門《さえもん》殿にも話してはおりますまい」

成之助はきっぱりと言い切った。

「それならばよいが――」

「その琴がやはり、この数珠は兄上にと申してききません。それが一番、母上のお気持ちに添うことでもあると――」

「しかし、女物をわたしが持っていても――」

季蔵は成之助に瑠璃が生きていることを話していなかった。

すると、成之助は、

「琴は生き形見の品として、さしあげてほしいと申しております」

――生き形見とは――

思ってもいなかった言葉に季蔵は絶句した。

——たしかに、もう、終生、母上にはお目にかかれない。臨終に駆けつけられるわが身でもない——

季蔵は、知らずと、弟が差し出した黄翡翠の数珠に手を伸ばしていた。

「有り難いと伝えてくれ」

声が掠《かす》れた。

最後に成之助は、

「瑠璃殿は亡くなったと言われ、葬儀も済んでおりますが、その骸《むくろ》を見たという者はおりません。どこぞで生きておられるのではと——。いつの日か、この数珠を瑠璃殿にお渡しになれることを祈っております」

目を潤ませた。

この後、大事な数珠を懐にしまった季蔵は、山芋と梨と落花生の実を手にして、良効堂を辞した。

——持ちつけないお宝など持ち合わせていると、落ち着かないものだとばかり思っていたが——

不思議に、懐の黄翡翠の数珠が苦になるようなことはなかった。

——そればかりか、気が晴れ晴れとしている。これはわたしに向けられた、弟夫婦と母の気持ちの温かさゆえかもしれない——

するとそこへ、

「御奉行様から使いが来て、今夜、おいでになるそうよ。いつものようにお一人ではなく、お連れ様がいらっしゃるとか。お連れ様と言っても気の張る相手ではなく、内与力の方だから、そうそう、堅苦しく、料理を考えずによいと伝えてほしいと――」

「わかりました」

季蔵は良効堂から持ち帰った山芋と梨、落花生を使って、久々に薬膳を拵えてみようと思い立った。

四

――御奉行が召し上がる薬膳となると、もう少し何か――

季蔵は三吉を呼んで、鳥屋に鴨肉を買いに走らせた。

「あら、この秋、初めての鴨ね」

「御奉行様の好物です」

「鴨は誰だって好物よ。肉は柔らかで旨味《うまみ》があるし、よい出汁《だし》が出るし、言うことなしの美味《おい》しさですもん」

おき玖《く》も鴨は大好物であった。

「とはいえ、わからないわねえ。梨に山芋に落花生。いったい、何が出来るのかしら？」

「それはご覧になってのお楽しみです」

軽口が出た季蔵に、

「よかった、季蔵さん、元気になって」

ほっと息をついたおき玖が笑いかけた。

「南茅場町の瑠璃さんのところへ行ってからというもの、いつものようでなくて」

「そうでしたか」

「そうよ、絶対」

「さあ、今日は秋の薬膳です」

季蔵は話を打ち切り、まずは山芋を手にした。

「山芋は身体にどんな効き目があるの？」

「山芋や落花生は身体に潤いを与えると言われています。秋はとかく、身体が乾くのだそうで」

「落花生はすりつぶして和《あ》えるのに使うのかしら？」

「刻んで、炒《い》ってある白胡麻《ごま》と一緒に使います」

「それなら、あたしが皮を剝《む》いて刻むわ」

「お願いします」

おき玖が落花生に取りかかっている間に、季蔵は山芋の皮を剝いて、太めの千切りにした。

次には生椎茸《しいたけ》をさっと網で炙《あぶ》って、一口大に切っておく。

「海老《えび》を使うのね」

季蔵は朝、仕入れた海老の殻を剝き、背わたをとると、鍋を竈《かまど》にかけて油を垂らした。

「茹《ゆ》でるんじゃないのね」

「茹でると、海老の旨味も滋養も減りますから」

季蔵は海老を酒と塩少々で炒《いた》め、刻んだ落花生と炒り胡麻で焼き椎茸、山芋と和えた。

「山芋と海老の落花生和えです。どうぞ、召し上がってみてください」

箸を口に運んだおき玖は、

「梅風味の煎《い》り酒を垂らしてもいいかなって思うけど、そうすると、落花生と白胡麻の風味が薄くなるわね。やっぱり、塩味だけでいいんだわ」

と言った。

「梨なんて、どうやって、料理に使うものやら」

おき玖は首をかしげたが、季蔵は米をといで水の入った土鍋に加えた。

「土鍋にお米となるとお粥《かゆ》ね。あ、そうか、作るのは梨のお粥なんだわ。おとっつぁん、あたしが子どもの頃、秋口に風邪《かぜ》を引くと、何度か作ってくれたっけ」

おき玖は自分の膝をはたと叩いた。

「とっつぁんの日記によれば、梨は古来咳《せき》や痰《たん》などの肺の病によく効くそうです。乾燥が続いている秋には、これで肺や身体のすみずみまでを潤すとよいのだとか。これを米の煎《せん》じ汁ともいわれる粥に合わせたのが、梨の粥なのだと書いてありました」

季蔵は皮を剝いて、芯を取った梨をすり下ろし始めた。

「おとっつぁん、どうやって作ってたかしら？　お粥にすった梨を入れて仕上げてたんじゃないかと。それなら、早く、お粥を炊かなくっちゃ――」

米の入った土鍋を火にかけようとするおき玖を、

「お嬢さん、それは駄目です」

季蔵は苦笑して止めた。

「土鍋の米は粥の炊きあがりがいいように、ふやかしているだけですから。梨の粥は水とすりおろした梨を煮立てて、そこに米を加えて炊くものなのです」

「そうだったのね」

おき玖は、水とすりおろした梨の入った土鍋を竈にかける季蔵を見守った。

ぐつぐつと音がして、煮え上がると、

「すっきりと甘い、いい香り。子どもの頃に嗅《か》いだ匂いだわ。あたしね、この時、おとっつぁんに、〝どうして、梨はこんなにいい匂いになるの？〟ってきいて、おとっつぁんが、〝そりゃあ、俺がおまえのために、とびっきり、いい匂いにしてやったのさ。俺の料理はほんとは手妻《てづま》なんだ〟って、得意そうに言ってたの、思い出したわ」

おき玖はふーっと大きくため息をついた。手妻というのは、白い紙吹雪を生きている蝶《ちょう》のように見せかける奇術であった。

「お粥だから、これも塩味なんだろうけど、子どもの頃のは漬物が付いてたわ」

「それ、何でした？」

「何だったかしら？」

「梅干し？」

「梅干しは漬物と言わないわよ」

さすがにむっとしておき玖は言い返した。

季蔵の方は熱心に、

「沢庵《たくあん》ではないでしょう」

梨の粥に添える漬物に拘《こだわ》っている。

「違ったと思う」

「山牛蒡《やまごぼう》や胡瓜《きゆうり》の古漬けでは？」

「もっと、さらっとしたものよ。さっき、梅干しって言ってたけど、あれに近い――」

「それじゃあ、柴漬けでは？」

「そうそう、それだったわ」

京の大原女《おはらめ》が売り歩いて諸国に広まった柴漬けは、茄子《なす》を梅干しにも使う、刻んだ赤紫《じ》蘇《そ》の葉で塩漬けにしたものである。

「よかった。柴漬けなら、ちょうど漬かり具合のいいものがあります。これの隠し味は梅風味の煎り酒なんですよ」

そこへ、

「遅くなってすいません」

三吉が戻ってきた。

「このところ、朝夕、冷えるもんだから、鳥屋じゃ、鴨が人気で、三軒廻ってやっと分けてもらえたんです」

「それでは、早速、鴨肉のみぞれ煮に取りかかろう」

鴨肉のみぞれ煮は、鴨肉の他に大根、浅葱《あさつき》、柚子《ゆず》が素材となる。季蔵は大根、浅葱、柚子を買い置いてあったので、この料理を思いついたのであった。

「大根はすりおろして、浅葱は一寸（約三センチ）に切っておいてくれ」

季蔵は三吉に命じると、鴨肉を一口大に切り分けた。

鍋に油を引き、鴨肉を焼き色がつく程度に炒め、浅葱を入れたら火を止める。砂糖、醤油、酒、味醂風味の煎り酒で調味し、最後に大根おろしを入れる。

器に盛り、柚子の皮の千切りを飾って仕上げる。

「味醂風味の煎り酒を入れる分、砂糖や醤油は控えるのね」

見ていたおき玖は、みぞれ煮を一口ほおばると、

「鴨の旨味と大根、浅葱、柚子の香りが一体となってる。鴨好きにとっては、堪《こた》えられない味わい」

目を細め、

「食べてみろ」

季蔵に勧められて箸を取った三吉は、

「祖父《じい》ちゃん、鴨を食ってみたいって、いつも言ってた。借金まみれだったおっとうが、〝戯言《たわごと》もたいがいにしろ〟って、怖い顔で怒鳴ってた。だから、祖父ちゃんはとうとう、鴨をいっぺんも食わずに逝った。おいら、祖父ちゃんにこの鴨、一口でもいいから、食べさせてやりたかった」

しんみりと洟《はな》を啜《すす》った。

この日、いつも通り、暮れ六ツ（午後六時頃）の鐘の鳴り止《や》まぬうちに、

「邪魔をする」

烏谷《からすだに》は清水佐平次を従えて訪れた。

「離れにご用意してございます」

すでに二人分の膳が離れの座敷に設《しつら》えてあった。

「料理と酒はわたしがお運びいたします」

山芋と海老の落花生和えで酒が進み、鴨肉のみぞれ煮ともなると、ため息しか洩れず、最後に梨の粥で満ち足りる。

「こんな美味《うま》いものがこの世にあるとは、思ってもみませんでした」

酒がそう、強い方ではないのだろう。清水は顔を紅潮させている。

――きっと、そうだろうな――

三十俵二人扶持の同心の家は、質実剛健そのものの貧乏旗本の家同様、日々、厳しい家

計のやりくりで、海老や鴨肉とは縁がないはずであった。

「これが鴨というものなのですね」

そう言って、清水は惜しみ惜しみ、鴨の肉片を口に運んだ。

「清水、そちはたしか、母御と二人暮らしであったな」

烏谷は血色のいい、大きな丸い顔を清水に向けてほころばせた。

「はい、左様でございますが」

烏谷の本意がわからず、ただただ緊張して、清水はかしこまるばかりであった。

五

「母に口福《こうふく》の孝行がしたいとは思わぬか」

「それはもう――」

清水は空になった鴨の皿に付いている飴《あめ》色の汁をちらりと見た。

「母はこのところ、食が細く、疲れやすいので、医者は鴨がよいと申しておるのですが
――」

――家族のためならいざ知らず、自分のために鴨を買おうなどとはしないのだろう。母とはそういうものだ――

季蔵は自分の母世志江《よしえ》も、熱も咳も出ない風邪で起き上がれなくなった時、医者の勧める薬食いをしなかったことを思い出した。薬食いとは弱った身体に滋養をつけるために、

獣肉を食することであった。

「ならば、特効薬の鴨を食わせてやるがよい」

「母も御奉行様からの命とあれば、食べてくれるでしょう」

「命じるからには、鴨はわしが都合する」

　烏谷は季蔵の方へ顎《あご》をしゃくった。

「季蔵を出向かせて、料理をさせよう」

「何と恐れ多いことを――。そ、そんなことまでしていただくなど、青天の霹靂《へきれき》とはこのことで、母は驚くやら、恐縮するやらで――」

　清水は額から冷や汗を流し、目を飛び出させかけた。

「勿体《もったい》ないお言葉はお気持ちだけで。御奉行の今のお言葉を伝えるだけで、わが母はきっと涙することでしょう」

「伝えるのはよいが、実行もする」

　烏谷はにこにこと笑い続けている。このところ、また肥えたせいか、肉に埋もれているように見える目の表情まではわからない。

「母は昔気質《かたぎ》の女子でございます。料理などの家事は女子がやるものだと思い込んでおります。父が亡くなって以来、外で食べるなどという贅沢《ぜいたく》も、わたしが覚えている限りありません。そこへ、料理人の季蔵殿が出張料理をと出向いてきたら、女子として面目が立たないと、気を落ち込ませ、老いた身体に障《さわ》るのではないかと案じられるのです」

「つまり、そちの母は家事万端得意で、料理もそのうちだというのだな」

烏谷はにやりと笑った。

「なにぶん、やりくり料理ですが、まあ、そうでございます」

「それでは、わしも季蔵と共に、そちの家を訪れて、母御の手料理を馳走《ちそう》になるとしよう」

「め、滅相もございません。母の料理など御奉行のお口に合うはずがありませんし、お連れが料理人ともなると、母は何日も前から、何を作ったらよいものかと、あれこれ悩んで、一睡もできなくなってしまいます。当日は寝込んでしまっているかもしれず――」

清水は真っ青になったが、烏谷は意に介さず、

「誰にも得意料理はあるはずだ。そちの母御にもあろう」

「あるには、ありますが――」

「ここで決めておいて、それを供してくれればよい。そうすれば、悩むことも、寝込むこともあるまい」

黙って二人の話を聴いていた季蔵は、

――御奉行は何としても、清水殿に親孝行をさせるおつもりだ――

「鴨のみぞれ煮に合う、お得意の粥などをお作りいただくのはいかがでしょうか」

助け舟を出した。

――梨の粥でなくとも、たとえば、小松菜と山芋の粥でも合わぬことはない――

小松菜と山芋の粥は、炊きあげた白粥に、小指の先ほどの大きさに角切りにした山芋と、千切りの葱《ねぎ》、一寸に切り揃《そろ》えた小松菜、酒に浸して戻したクコの実を加えて作る。

するど清水は、

「せめて、清水家代々、作られ続けてきた菊花酒ならばと――」

低い声で告げた。

「菊花酒、菊酒のことか」

烏谷が念を押すと、

「はい」

「めでたい酒だな」

陰暦九月九日の重陽《ちょうよう》の節供《せっく》は菊の節供とも称される。いにしえの京の公家《くげ》たちは、庭の菊を愛《め》でつつ、華やかな酒宴を催していた。

「長寿の酒でもあるからな」

魏《ぎ》の文帝の治世、菊の露を飲んで、不老不死の仙人になったという菊慈童《きくじどう》の伝説から、菊の花を浸した酒を飲むと長寿になると言われてきていた。

「今年はことのほか、香り高い菊花酒が出来たと母が喜んでおりました」

「年によって、香りのよし、あしがあるのですか？」

季蔵の気になるところである。

「はい。一昨年、奥州を旅した母の知り合いが菊の種を持ち帰って、土産にくれたのです。

菊は挿し芽でよく育つものなので、種など播《ま》いても、芽吹きなどしないだろうと、わたしは母の労苦が痛々しかったのですが、母は水やりなどを欠かさず、とうとう、花を付けるまでになりました。わたしと母とで、奥州菊と勝手に名づけた、野の菊なので、巣鴨《すがも》の染《そめ》井《い》村のような見事さはありませんが、花の色は夏の陽《ひ》の光のように眩く、それが酒に移ると、今までの菊花酒にない香《かぐわ》しさも手伝って、まるで、黄金酒のようなのです」

菊花酒を褒めちぎる清水の舌は滑らかだった。

巣鴨の染井村では、毎年、植木職人たちが、苦労して育てた菊を競い合うようにして咲かせている。堂々とした風格の大輪の菊は言うに及ばず、美人の姿形を想わせる珍しい色、形を一目見ようと、押すな押すなと菊見の見物客が押し寄せていた。

「その絶品、是非、味わわせてもらいたい」

「わかりました」

清水はやっと首を縦に振った。

「早くに寡婦になった母は、父の代わりもいたしており、何かにつけて、〝家名、家名〟と申しておりました。それゆえ、料理で粗相などして、思い詰めてはと案じたのですが、すでに、出来上がっている菊花酒なら、御奉行にご無礼はまず、あり得ません。ただ――」

清水は季蔵の方を見た。

「当家の菊花酒に鴨のみぞれ煮は合うものかと――」

「そうですね――」

――醬油と砂糖等で焼き付けた濃厚な鴨肉を、大根おろしと柚子でさらりと食べるのが、この料理なのだが、大根と菊は合うものの、柚子と菊はどんなものだろう――

「お庭に奥州菊はまだ、咲いていますか？」

「ええ」

「それでは柚子の代わりにその菊の花を、鴨のみぞれ煮に散らしましょう。そうすれば、菊花酒とよく合うはずです」

「さすがだな」

烏谷が褒めた。

「恐れ入ります」

――こうして、御奉行に御膳をお出しするのは、たいてい、内密な話がある時だった。他人《ひと》など居合わせていたことはない。他人の前で御奉行が褒めてくれたのは、これが初めてということになる――

季蔵は感慨深かった。

――これからは、この方と三人で、他人に聞かれてはならない用向きを、話すことになるのだろう――

烏谷と清水を見送った季蔵は、店に戻ると三吉に掛行灯《かけあんどん》の火を落とさせ、後片付けに取りかかった。

八丁堀にある清水佐平次の家を訪れる前日のことであった。

季蔵は日本橋にある茶屋さがのに呼ばれた。朝、烏谷の使いが文を届けてきたのである。昼前にかけつけよと書かれていた。

――珍しいことだ――

烏谷と塩梅屋以外のところで落ち合うことは滅多になかった。

さがのは、初々しい茶屋娘が看板である。黒い前掛けを付けた器量良しの茶屋娘が、しずしずと盆に茶と茶菓子をのせて運んでくる。

――御奉行にこのようなご趣味があったのだろうか――

「お連れ様なら上です」

女将に案内されて、季蔵は烏谷の待つ二階へと階段を上った。

「忙しいそちにはすまぬことだ」

珍しくねぎらった烏谷は欄干にもたれて、向かいの万福堂《まんぷくどう》を眺めている。

万福堂は老舗ではない。だが、作り始めた最中《もなか》が当たって、このところ、万福堂の前は人の列が絶えたことがなかった。

「何も聞かずに、あの列に並んで、栗最中と小豆《あずき》最中をもとめてきてほしい」

「お幾つずつです?」

「わしの分も入れて、二箱ずつ」

烏谷は印伝《いんでん》の財布を出して、いくばくかの金を季蔵の手に握らせた。

半刻（約一時間）近く過ぎて、最中の入った箱を二箱、手にして戻ってきた季蔵は、

「一人、一種類、一箱ずつしか売らないそうで。それで、列に並び直したので、遅くなりました」

栗最中が入っている菜の花色の箱と、藤色の小豆最中の箱を烏谷に手渡した。

「そうか、造作をかけたな」

烏谷は冷えた茶を啜って、

「これは明日、清水の家への土産にする。わしから渡すと堅苦しいゆえ、そちから渡してくれ」

最中の入った箱を返して寄越した。

六

万福堂の最中を手にして帰ってきた季蔵に話を聞いたおき玖は、

「どうして、ご自分でお買いにならなかったのかしら。そもそも、御奉行様がじきじきにおいでにならなくっても、御家来衆が万福堂に一声かければ済むことじゃないの。御奉行様がほしいとおっしゃるのなら、万福堂じゃ、すわ一大事とばかりに、二箱といわず、五箱、十箱と、届けたはずよ。何しろ、相手が北町奉行様なんですもの」

「おそらく、そんな風にされるのがお嫌だったのだと思います」

──そういえば、今まで、市中での御奉行の振るまいを目にしたことがなかった。ああ見えて、御奉行はけじめを大切にされているのだろうか──

季蔵はすがすがしい気分になりかけたが、

「それなら、今後、うちで召し上がった分も、お払いになっていただけるのかしら？」

おき玖はおどけた笑いを浮かべた。

烏谷を筆頭に、田端《たばた》や松次《まつじ》も同様で、奉行所の役人たちの只酒、只飯は、久しく続いてきた役得であった。

──あっという間に財を築いた万福堂について、何か不審なことがあるのかもしれない──

「きっと、ご事情がおありなのでしょう」

その話はそれで終わった。

「見事ねえ、この箱。よく見ると、栗最中の方は栗と季節違いの菜の花が透かし模様になってて、小豆最中は優しい藤の花の絵柄。箱買いと言って、これが目当てに並ぶ娘さんたちが多いそうよ。あたしも欲しいな。最中もそれぞれ味わってみたいし──」

──できれば、自分で並ぶんじゃなくて、意中の人に並んで貰いたいって、みんな思ってるんじゃないかしら──

「時々、店の前を通ることもあるんだけど、いつも人の列で──」

「それなら、この次、通るようなことがあったら、わたしがもとめてきましょう」

「あら、本当？　うれしいわ」

おき玖は一瞬、心が浮き立った。しかし、すぐに、

――瑠璃さんの分が先でないと申しわけない――

萎《な》えた気分になった。

翌日、季蔵は仕入れた材料と最中を手にして、八丁堀の清水佐平次の家を訪れた。庭木の手入れが行き届いていて、枯れ葉一枚落ちていない。

菊が盛りで、色取り取りの菊に混じって、奥州菊が鮮やかな黄色の花を咲かせている。

「よくおいでくださいました」

佐平次が出迎え、

「母の大好物なのです。よく、おわかりでしたね」

と言って、季蔵から最中を受け取った。

「既に御奉行はおいでになっておられます」

清水の額にはやはり、また、冷や汗が滲《にじ》んでいる。

「なにぶん、御奉行がおいでになるなど、当家始まって以来のことでして――」

清水佐平次の母、繁乃《しげの》は、薄紫の絹物の色無地に、草花を染め上げた帯という装いで、これ以上はないと思われる盛装で烏谷を迎えていた。

白髪ながら、上品に整った顔立ちは芯の強さを秘めている。

「お母上から、菊花酒をいただいているところだ。聞きしに勝《まさ》る味だ。そちも飲んでみて

はどうか？」

「後ほど」

酒は舌を鈍らせるというのが、長次郎の料理人心得であった。

「厨《くりや》はこちらです」

厨は鍋、竈はもとより、床の羽目板にいたるまでぴかぴかに磨かれている。

——お母上の気概なのだ——

身の引き締まる思いで、鴨のみぞれ煮を作り、わざわざ良効堂に立ち寄って、持ち帰った梨で粥を炊いた。貴重な梨は最後の一つだった。

柚子の皮の代わりに菊の花びらを添えた、鴨のみぞれ煮に、

「こんな美味しいもの——」

繁乃は絶句して目を瞬《また》かせ、

「柚子だと水辺に集《つど》う大人しい鴨だが、菊となると、大空を長く旅する雄々《おお》しさが感じられる」

菊花酒で鴨を食した烏谷は絶賛した。

「こちらも、たいそう、鮮やかにして、深い味がいたします」

季蔵は清水に注がれた菊花酒を飲み干した。

「どんな酒をお使いになるのですか？　薬種によく使われるにごり酒ではないようですが」

にごり酒とは焼酎《しょうちゅう》のことである。雑穀や芋から作るにごり酒には、どんなものでも、独特の臭みがあるのだが、繁乃の菊花酒からは菊だけが香り立ってきている。

「分不相応ではございますが、こればかりは、当家代々のならいで、少々、無理をいたします」

微笑んだ繁乃は、

「にごり酒を使わず、米の酒だけに漬けております」

幾分、胸を反らしたかのように見えた。米の酒はにごり酒よりも高価であった。

「なるほど、それで、このように素晴らしい香りなのですね」

季蔵はため息をつきかけた。

「これほどの銘酒ゆえ、いっそ、名を付けてみてはどうか」

烏谷の言葉に、

「勿体のうございます」

恐縮した繁乃は目を伏せた。

「有り難きお言葉ながら――」

清水の冷や汗は鼻の脇まで流れ落ちた。

「〝きせわた〟としてはいかがかな」

〝菊被綿《きせわた》〟とは、平安の都で盛んであった風習の一種である。重陽前夜、咲き誇る菊の花を真綿で覆って、夜露と一緒に香りを移し取り、翌朝、その綿で身体や顔を清めると、老いが去って、長寿が約束されるというものであった。

「〝きせわた〟、よい名であろう。これに決めるといたそう」

すると、顔を上げた繁乃は、

「嫁してから三十三年、亡き義母に教えられた通り、当家に伝わる菊花酒を作り続けてまいりました。それに、このような良き名が、御奉行様からいただけるとは――。わたしはもう、いつ、死んでもかまいません」

溢れ出た涙を隠すためにうつむいた。

「これからは、〝きせわた〟を誰ぞに託したかろう」

烏谷は優しい口調で問い掛けた。

「早く、佐平次が嫁を取って、生《な》した子を背に負いつつ、〝きせわた〟のための菊を摘む姿を見たいのではないか」

「その通りではございますが」

繁乃は突然、両手で顔を覆うとその場に泣き伏した。さすがに声は殺している。

「母上」

駆け寄ろうとした佐平次を、

「よいよい。このままにさせておけ」

烏谷は止めると、

「長寿に〝きせわた〟は何よりだが、これだけでは不足だ。繁乃殿、胸にあることは誰かに吐いてしまわないと、命を縮めるということをご存じか。死んだ嫡男や嫁のことが、お母上の身体や心を蝕《むしば》んでいるのではないのか」

「されど御奉行」

佐平次は顔色を変えた。

「兄や義姉《あね》の話はもうせぬと、母とそれがしで決めてあるのです。悲しくなるので」

「では、今日限りとしよう」

——御奉行は亡くなったこの家の跡継ぎ夫婦について、何か思うところがおありになるのだ——

季蔵は松次や田端から聞いた話を思い出していた。

——どう仕様もない、ろくでなしだったということだが——

「わたしがいけなかったのでございます」

奉行の命には逆らえないと繁乃は観念した。

「わたしは姉妹ばかりの家に育ち、男の子の育て方に不慣れでした。それで、初めての子だというだけで、上の真一郎《しんいちろう》をついつい、甘やかしてしまったのです。あの子の行状の浅ましさについては、お話しするまでもなく、よく、ご存じのはずです。唯一の救いは、器量だけではなく、気だてもいい嫁に恵まれたことでした。名を沢代《さわよ》と申しました。幼い頃、両親に死なれて、親戚をたらい廻しにされてきたせいで、働き者だった沢代は、朝は暗いうちから起きだして、掃除と朝餉《あさげ》の支度を済ませ、夜は遅くまで内職に精を出していました。もちろん、沢代は真一郎にもよく尽くしました。真一郎も嫁を気に入っている様子でした。けれども、この分なら、そのうち、可愛《かわい》い孫が抱けると、心を弾ませていたわたしの夢は、あの夜、はかなくも打ち砕かれたのです」

七

「わたしは二人の言い争う声で目が覚めました。大声が重なり合って聞こえた後、ぱたりと止みました。わたしは気になって、襖《ふすま》をそっと開けると、真一郎が、頭から血を流して倒れている沢代にすがって、男泣きに泣いていたのです。この夜、沢代は子が出来て三月《みつき》になることを、真一郎に話したそうです。沢代は誰よりも、夫の真一郎に話したかったのでしょうが、己に恥じつつも、はかばかしくない行状を続けてきた真一郎は、子の父となることに戸惑いを感じて、素直には喜べず、〝そうか〟と一言言ったきり、黙りこんでしまったそうです。すると、沢代は常になく、血相を変えて、〝どうして、喜んでくれないのですか。きっとあなたは、産まれてくる子が邪魔なのでしょう〟と声を荒らげて、〝そんなことはない〟と真一郎が宥《なだ》めてもおさまらず、大声で同じ問答が繰り返されていたのです。沢代の眉《まゆ》は吊り上がるばかりでした。そこで真一郎はふと思い立って、沢代を引き寄せようとしたそうです。あの子はあの子なりに、喜ばなかったことを後悔して、お腹《なか》の子ごと沢代を抱きしめて、心から詫びれば、許してもらえるかもしれないと思ったのでしょう。ところが、どうしたことか、沢代は跳ねるかのように後じさって、柱に頭をぶつけてしまい、そのまま動かなくなっていたのです」

「それがしはその日、ちょうど道場仲間とのつきあい酒で留守をしておりました。何とも不幸な出来事でした」

佐平次は目を伏せたまま、唇を嚙《か》みしめて、

「病死と偽ったのは、真《まこと》に申しわけなき次第でございます」

「何の、武家にはよくある方便だ、気にすることはない。これからという若さの跡継ぎが、何の前触れもなく病で死んだと届けられれば、これには、きっと何かあると承知して、誰も追及はせぬ」

烏谷は淡々と対した。

「そして、この後、一周忌も迎えぬうちに、残された者が失意のうちに亡くなる。これもまた珍しくない」

――御奉行は行きがかり上とはいえ、妻を死なせた清水真一郎の死についておっしゃっているのだ――

「義姉の死を悔やみ、自分を責め続けた兄は、以前にも増して、お役目をないがしろにして、酒に溺《おぼ》れました。生まれつき、そうは強くなかった心《しん》の臓に、酒毒が及んで、とうとうあんなことに――」

佐平次は声を詰まらせた。

「昼過ぎても、起きてこない真一郎を、わたしが起こしに行って、冷たくなっているのを

見つけました」

繁乃は目に片袖を当てた。

「なるほど、そうなると、清水真一郎は紛れもなく、病死というわけだな」

念を押した烏谷に、

「左様でございます」

母子は声を揃えた。

「お母上、よく、話してくれた。気心が知れるとはこういうことだ。これで心おきなく、清水佐平次を腹心として引き立てることができる」

「有り難き幸せにございます」

繁乃と佐平次は、共に同じ言葉を口にして平伏した。

「お茶にいたしましょうか」

立ち上がりかけた繁乃に、

「お母上、まあ、そうそう、お気を使われるな」

烏谷は恐縮したが、

「食通の御奉行様にと、母が極上の宇治茶をもとめてあるのです。それがしも手伝ってまいります」

佐平次は母の後を追った。

繁乃と佐平次が茶を運んできた。

「たいした茶請けもご用意できませず――」

茶には柴漬けが添えられていて、繁乃は恥じたように呟《つぶや》いた。

箸で口に運んだ鳥谷は、

「赤紫蘇の香りと酸味が茄子に相俟《あいま》って、よいお味だが、甘味の後だとなおさら、美味く感じるはずだ」

ふと洩らした。

「それなら」

それまで話を黙って聞いていた季蔵は佐平次を見た。

「母上、塩梅屋さんから万福堂の最中を二箱頂いています」

「でも、――」

ためらう繁乃に、

「塩梅屋、万福堂の最中とはまた、気が利くな。褒めて遣わす」

鳥谷は大きな目を瞠《みは》って、季蔵を讃《たた》えた。

――ここへの手土産に万福堂の最中を買われたのは御奉行。これはきっと何かある――

「お褒めのお言葉、恐れいりましてございます」

季蔵は恭《うやうや》しく頭を垂れた。

「それでは、仏檀から下げてまいりましょう。万福堂の最中は、母だけではなく、兄の大好物だったので、供えさせていただいたのです」

黄色の菜の花の透かし模様と、薄紫のしだれ藤の箱の蓋《ふた》を前にして、

「たいした人気と聞いているが、実はまだ、腹に入れたことがない」

烏谷は八ツ時（午後二時頃）の無邪気な子どものような目で繁乃を見た。

「お母上、どちらが美味いものでしょうな。先ほど、大好物と聞いたので、きっと、どちらも味わっておいででしょう。お教えいただけるとかたじけないのだが」

「それはどちらとも――」

繁乃は緊張した面持ちで、二つの箱の蓋に手を伸ばした。

最中は最中饅頭《まんじゅう》とも言われ、水と合わせた餅米粉を薄く伸ばして皮を作り、二枚の皮の間に栗餡《あん》や小豆餡を挟んだものであった。栗最中、小豆最中とも同じ形である。

「迷いますな」

烏谷は指を咥《くわ》えて見せた。

「わたしなら栗の方にいたします。小豆最中は今でなくとも、いただくことができますが、栗最中は今だけですもので」

繁乃は微笑んだ。

「それではそういたそう。季蔵も栗の方でよいな」

「わたしまでいただいてよろしいのですか」

「もちろんだ。食べ物はたとえ菓子でも、皆で食うとより美味い。そちだけではなく、佐平次もお母上も、どうか、わしと一緒に――」

「母上、菓子皿の用意を」

繁乃は息子に促されて、膝の上の最中の箱を畳に置くと厨へと立って行った。

「しかし、つくづく、綺麗な箱だの。この箱がまた、食い気を誘う」

烏谷は畳の上の箱の蓋を手にして、

「どっちかのう？　どっちが美味いものか？」

鼻歌を口ずさみつつ、手にしていた蓋に交互に顔を近づけては、しげしげとながめた。

この後、烏谷は結局、小豆最中にも手を出し、栗最中と小豆最中の両方を胃の腑におさめ、夕方近くになって清水家を辞した。

帰り道、

「御奉行、そろそろ、本当のことをおっしゃっていただかないと困ります。万福堂の最中はただの土産ではなかったはずです」

切り出した季蔵を、

「それより、そちにこそ、あそこで気づいたことを話してもらわねば。わしが話してしまうと、そちに思い込みができて、話が曇ってしまう」

烏谷は慎重だった。

「皆様、特に清水様のお母上の繁乃様が、大変、お気を遣われているご様子でした。見ていて、痛々しいほどで——。身体に障りがなければよいと思っております」

「案じるのはほどほどにして、他に気づいたことを話せ」

「しかし――」

「なぜ、躊躇する？」

「申せば、繁乃様にご無礼かと――」

「大事なことだ。無礼であってもやむを得ぬ」

「先ほど、御奉行は最中の箱の蓋をご覧になっておられました。そして、わざと、蓋が置かれていた場所を反対にされた。そのせいで、繁乃様は、栗と小豆各々《おのおの》の最中の箱に、取り違えた蓋をなさってしまわれました」

「どうして、取り違えたのだと思う？」

「繁乃様のお召しになっていたお着物は、たしかにご立派なものではありましたが、帯に染められていた草花は春の七草で、秋の七草ではなかったのです。今の時季に合ってはおりません。そのような間違いをするとしたら――」

「清水の母御が患《わずら》っているのは、眼病だというのだな」

「気丈で賢明な物覚えのよろしい方でしょうから、不自由を必死に補ってこられたものと――。おそらく清水様もご存じではないと思います」

「そうであったか」

気むずかしい顔になった烏谷は、

「木原店へ寄らせてもらう」

──まだ、なにゆえ、御奉行が最中を土産にした上、蓋の場所を替えたのか、聞いていなかった──

第三話　御松茸

一

「今日はたらふく食い続けた。茶もいらぬ」

季蔵《としぞう》は烏谷《からすだに》と塩梅屋《あんばいや》の離れで向かい合った。

「そちはわしが、清水佐平次《しみずさへいじ》に馴《な》れ馴れしすぎると思っているだろう?」

「実を申しますと、先ほどまでは、そのように感じておりました」

「わしはそれほど、迂闊《うかつ》ではない」

烏谷は苦笑した。

「申しわけございません」

「清水を我らが仲間に加えるについては、細心の注意や調べがいる。あの家の嫡男だった真一郎《しんいちろう》と嫁沢代《さわよ》についても、出された届け出をすんなりと信じたわけではない」

「ですから、本日、本人たちからじきじきに、お聞きになろうとしたのですね」

――それなら、もう、済んだはずだ――

「本人たちの申すこともそれほど信じてはおらぬ」

――御奉行らしい鋭さだが――

「お二人のおっしゃることから、嘘《うそ》を見抜こうとなさったのですか？」

――これから、仲間になる相手やその母親だというのに――

「うっかり、仲間にして裏切られたら大変だからな」

烏谷はおどけた口調で、手斧《ておの》を首に当て、腹を切る仕種《しぐさ》をしたが、その目は笑っていない。

――そんなに執拗《しつよう》に疑うのならば、仲間など募らなければよいものを――

季蔵はいささか、うんざりしてきた。

「沢代や真一郎の死に様について、家族の先ほどの言い分とは異なる証《あかし》がある。これらは何としても動かしがたい」

烏谷は断じた。

「いったい、どんな証でございますか？」

「水谷町に根本玄悦《ねもとげんえつ》という医者がおる。玄悦は以前、妊《みごも》った沢代に相談を受けていたことがわかった。何でも、殴る、蹴《け》るの夫の暴力に耐えかねていて、このままでは、せっかく授かった子どもと共に、自分の命も絶たれかねないゆえ、どうしたものかと――。玄悦は清水家を出て、小石川養生所に身を寄せることを勧めたそうだ」

お上《かみ》が設けた小石川養生所は、貧しい病者たちがよりどころとしている、費用のかからない施療所であった。

「玄悦が相談を受けてから十日と経《た》たずに沢代は死んだが、かかりつけの医者大山信庵《おおやましんあん》は呼ばれていない」

「それは、柱に頭を打ち付けての死に様を病死と偽るためでしょう」

「加えて、日頃から、殴る、蹴るが続いていれば、沢代の身体は傷や痣《あざ》だらけで、家族はそれらを信庵に見られたくなかったのだろう」

烏谷はぐるりと眼を回して、何か言いたげに季蔵を見た。

「もしや、御奉行は沢代の死は、不幸な偶然ではないとお思いなのでは？」

「あの母御はしきりと、真一郎が泣いていた、悔いていたと言っていたが、慈《いっく》しみの心のある者が、妻となった女に狼藉《ろうぜき》を働くとは思えぬ」

――たしかに、それはそうだ――

「次へ続けるとしよう。この後、真一郎が死ぬと、信庵は往診を頼まれて、清水家に駆けつけ、心《しん》の臓の発作による死と診《み》たてた。ちなみに真一郎には、幼い時から、これといった病は無かったと信庵は断言している。それゆえ、急な死にたいそう驚き、思わず、毒死ではないかと疑ったが、穏便に済ませたい様子の家族の手前もあって、銀の匙《さじ》を使うことまではしなかった」

銀の匙は、口中で毒にあうと一瞬にして黒ずむので、医者が毒死か否かの判断に用いた。

「だが、この時、真一郎の骸《むくろ》のそばに、蓋《ふた》を取り違えた万福堂の最中《もなか》の箱が置かれていたという。最中は到来物に違いないと、信庵は決めつけていて、人一人の命を奪った者がどこぞにいて、お縄にもならず、のうのうとしているはずだと思うと、たまらない気持ちにはなったそうだ。とはいえ、清水家とは先代からの縁なので、本来はお上に申し出るところを黙り通していた。ことを荒立てたくなかっただけだと、今は悔いている」

「御奉行は真一郎を毒死させた張本人が、誰かを確かめたかったのですね」

「信庵は訪問の者と決めていたが、この手の殺害は家庭内の者が手を下していることが多い。一番、疑ってかからねばならないのが弟の佐平次だった。世には、生まれつき、色の見分けに疎《うと》い者がいると聞いている。あの佐平次がそうではないかと思ったのだ。佐平次自身は非の打ち所がない出来物《できぶつ》なのに、兄の行状が厄《わざわ》いして、婿養子の口も見つからずにいた。かくなる上は、兄に死んでほしいと願っても不思議はあるまい。兄が死ねば家督が継げる。佐平次が兄殺しの下手人《げしゅにん》で、何食わぬ顔で家督を継いでいたのだとしたら、厳しく罪を償わせるべきで、もはや、我らの仲間にすることは出来ぬ」

「しかし、清水真一郎殺しの下手人は――」

――蓋を取り違えるとしたら、あの母親しかいない。自らの腹を痛めた子どもの命を絶つなどあるものなのか――

「あの時、わしは誰も箱を取り違えたりしなければよいと思った。これだけは本当だ」

大きく一つ、息をついて、

「信庵はこうも申していた。清水真一郎が死ぬ半年ほど前、往診用の薬籠《やくろう》から、始終、附《ぶ》子《す》がなくなっていて、年齢《とし》のせいで、こんな思い違いをするのかと、情けなくなったことがあったと——」

附子はトリカブトの根から煎《せん》じられる、効き目の優れた鎮痛薬で、毒性が強く、多量に用いれば死に到《いた》る劇薬であった。

「信庵先生は清水家で毒薬を盗まれていたのですね」

「母御が気鬱《きうつ》のあまり、起き上がれないというので、何度か、往診の帰りに立ち寄ったところ、〝先生のお顔を拝したら元気が出てまいりました〟と言って、大変な歓待を続けてくれたのだとか——。清水家自慢の菊花酒を振る舞われすぎて、信庵は酔い潰《つぶ》れかけたことさえあったそうだ」

「信庵先生はまさか、あの繁乃《しげの》様が我が子の命を奪う目的で、万福堂のどちらかの最中に、附子の猛毒を仕込むとは、露ほども疑ってみなかったのでしょう」

「母御が真一郎を殺《あや》めたのは、このまま気儘《きまま》に遊蕩《ゆうとう》を続けていれば、いずれ、真一郎はお役ご免になって、清水家は絶えてしまうと危惧したゆえであろう。あるいは、真一郎が沢代にしていた酷い仕打ちに気づいていて、たとえ、後添えを娶《めと》せたとしても、同じことが繰り返される。この先、可愛《かわい》い孫に恵まれることはないと嘆じたのだ。つまり、お役ご免にならずとも、真一郎が跡継ぎでいる限り、清水家の血は受け継がれない。ましてや、真一郎ゆえに弟の養子の口が見つからないとなれば、なおさら深刻で、もう、こうするしかないと思い詰めたのだろう」

「真一郎の命と引き換えに、清水家の安泰を選んだのですね」

「おそらく、それだけではなかった。真一郎に殺されたであろう沢代の祥月命日は、四月十八日、母御が真一郎を手にかけたのは十月《とつき》後の二月七日。無残に死なせた嫁の祥月命日の前に、あの母御は腹を痛めた息子を我が手にかけた。そうすることで、せめても、清水家の存続のため、何一つ、真相を表沙汰《おもてざた》に出来なかったことを、草葉の陰の嫁に詫《わ》びようとした。母御は幸薄かった嫁の無念を晴らし、成仏を願ったのだ」

――切なすぎる――

たまらない話だと季蔵は思った。

――御奉行はこの母御、繁乃様をお裁きになるのだろうか？――

――そんなことになったら、繁乃様は自ら命を絶つだろう――

白装束の繁乃の姿が季蔵の目に浮かんだ。よく見えない目をきっと宙に据えて、手にした懐剣を細い首に当てている。

季蔵は烏谷の横顔を見た。目が伏せられているせいか、一瞬、老けたように見えた。

「ともあれ、清水佐平次が関わっておらぬことがわかって何よりだった」

烏谷は精一杯、明るい声を出した。

――それでは――

「先の短い年寄りの所業をどうこう、詮索《せんさく》しても仕方あるまい」

「たしかに」

季蔵はほっと胸を撫《な》で下ろした。

「ところで、腹が減ってきたな」

烏谷は突き出た太鼓腹を一撫でした。

「それが人というものです」

「今日は何がある？」

「松茸《まつたけ》がございます」

烏谷はぱっと顔を輝かせた。

「居合わせてよかった。松茸を食わねば秋の良さはわからない。早速、一、二本焼いてくれ」

「申しわけございません。どういうわけか、今年は松茸が不作のようです。仕入れることができたのは三本きりですので、これで松茸飯にしようかと」

「松茸料理は松茸飯だけか」

烏谷はぷっと頰《ほお》を膨らませて、

「仕方ないと諦《あきら》めるが、わしの飯茶碗には松茸を沢山入れてくれよ、頼むぞ」

「承知いたしました」

「きっとだぞ」

じろりと季蔵を睨《にら》み据えた烏谷は、一心に思い詰めている子どもの目をしている。

――常に細心なまでに用心深く、あれほど鋭い眼光をお持ちの方が、食べ物のこととなると、こうも他愛《たわい》ない。奉行職が激務ゆえと察せられるが、何とも、食とは有り難いものだ——

二

その日は塩梅屋の常連である履物屋の隠居喜平《きへい》、大工の辰吉《たつきち》、指物師《さしものし》の勝二《かつじ》が松茸談義を始めた。

喜平は履物作りの腕こそよかったが、無類の女好きで、嫁の寝姿を盗み見たり、奉公人の若い女の腰巻きの裾《すそ》をめくり上げたりして、激怒した倅《せがれ》に隠居させられたという逸話の持ち主であった。

当人はこの話をまるで武勇伝のように、自慢げに話すのが常だった。

「死んだ長次郎《ちょうじろう》さんは、〝喜平さんは助平だから、いい下駄が作れるんだ〟って言ってたからね。何事にも色気は必要なのさ」

喜平は辰吉の恋女房おちえについて、

「ありゃあ、どう見ても女じゃない。どてらだね」

いつだったか、口を滑らせてしまったのが運のつき、

「どてらのどこが悪いんだ？　年齢に似合わねえ、てめえの助平の方がよっぽど見苦しいだろう」

癇《かん》に障った辰吉は、この時から喜平の宿敵になった。辰吉は酒が入ろうものなら、額に

青筋を立てて、喜平をやりこめようとする。初めて二人のやりとりを聞く者は、いつ、手が出るのかと冷や冷やものなのだが、

「まあまあ。そこそこの色気も恋女房も、どちらもいいものじゃないですか」

一番若い勝二がさりげなく、仲裁に入ると、話の流れはがらりと変わって、

「そういえば、このところ、さっぱり、これといった旬のものが出てこねえなあ」

喜平は箸《はし》を止め、

「塩梅屋さん、よろしく頼むよ」

辰吉は季蔵に向けて形ばかり、頭を下げてみせる。

その日の松茸談義もここから始まった。

「旬といやあ、文句なく松茸だ」

喜平が口火を切った。

「松茸なら何日か前に、少々、甲州物が手に入って、松茸飯にしてみたのです。その日はおいでにならず――」

「一声、かけてくれりゃあ、よかったのに」

喜平は憮然《ぶぜん》としている。

「俺の松茸好きは知ってるだろうに」

「女好きよりましだろうよ」

「ふん」

鼻で笑って、聞こえないふりをした喜平は、

「今年は松茸がやけに高いって話を聞いたが、本当かい?」

「松茸は毎年、高嶺《たかね》の花ですよ」

勝二が口を挟んだ。

松茸は赤松の根元に生える。西国にはこの赤松が多く、松茸は立った市の露店で気安く売られていた。

そうは言っても、決まった場所にしか生えない松茸は、どんな地方でもやはり、貴重品である。秋になると、赤松がある諸国の里山の人たちは、松茸狩りに夢中になるが、いい小遣い稼ぎになるので、松茸の生える場所だけは、親子でも教え合わないものであった。

江戸市中で松茸が毎年高値なのは、江戸近郊の山林には赤松が少ないからであった。日持ちのしない代物とて、西国からのものは干したり、塩漬け、昆布と炊き合わせたりの保存品しかなかった。

とはいえ、松茸の命は鮮度である。生松茸の香りの良さは、保存品にしたものとは雲泥の差である。誰もが競うように、秋の旬の味として、生松茸を味わいたがった。

ところが江戸人の口に入る、鮮度のいい松茸となると、甲州街道を急ぎ旅してくる、甲州物の松茸が主であった。

「ただでさえ、高いのがもっと高くなったのは、天気のせいなのかい?」

引き続き喜平に訊《たず》ねられた季蔵は、

「今年の信濃《しなの》や甲斐《かい》は夏の雨が多かったと聞いています」

――そのせいで、栗は今一つだったのだが――

「松茸に雨はいいもんなのかい、それとも——」

「松茸に限らず、茸に雨は天の恵みのはずです」

「だったら、採れる数が少ないなんてことはないだろう」

「まあ、そうですが――」

季蔵は困惑した。

――そうは言っても、この間、季節寄せの松茸売りからもとめた松茸は、去年より、大きさも小さいというのに、倍近くの値だった――

「何ともわかりません」

「よし、話松茸なら、今、すぐ、できるだろう」

喜平ははたと思いついて、膝《ひざ》を一打ちした。

「しかし、料理は話だけでは――」

「そりゃあ、無理だとわかってる。松茸にまつわる話を一つ、二つ、してくれってことさ」

「それなら、多少は――」

胸を撫で下ろした季蔵は、

「ただし、噺家《はなしか》だった長崎屋《ながさきや》の五平《ごへい》さんのようには出来ません。とっつぁんの日記に書いてあったことしか——」

「かまわねえって。松茸だけは、どういうわけか、腹の足しなぞ、少しもなんねえのに、この時季になると、食いたくてたまらなくなる。どんなことでもいいから、聞いておきたいもんだ」

「しっかり、耳学問させてもらいます」

辰吉と勝二が揃《そろ》って箸を置いた。

「とっつぁんの日記によれば、松茸食いが始まったのは京の都です。鳥羽《とば》天皇（一一〇三年〜一一五六年）という天子様が、平等院への行幸《ぎょうこう》の時に、松茸汁を召し上がっています。以来、松茸は京の公家《くげ》たちの間でもてはやされ、宮中や殿中、公家間の贈答品に欠かせないものとなりました」

「ふーん、元は京のお公家さんたちの食べ物だったのか」

感心する喜平に、

「道理で典雅な香りがするはずだ」

珍しく辰吉が相づちを打った。

「松茸道中がされるようになったのは、大猷院《たいゆういん》（徳川家光）様の頃からです」

御茶壺《おちゃつぼ》道中で有名な道中とは、将軍家への献上品運搬のための行列であった。館林《たてばやし》藩の金山《かなやま》で採れる松茸は、毎年、行列を仕立てて、一年も休むことなく、献上され続けてきていた。松茸道中は松茸の鮮度、香りを落とさないために、昼夜兼行の宿継《しゅくつ》ぎで、五ツ半

（午前九時頃）に当地を出て、翌七ツ半（午前五時頃）には、江戸城に到着する。約十九里半（約七十六キロ）の道のりであった。

最も献上の多かった年の松茸の数は、二千八百九十二本であったという。

松茸道中のくわしい話を聞いた勝二は、

「上様と同じものを口にしようというのは、ちょっと恐れ多い気もしますね」

たじろいだ様子だったが、

「そんなことはない。上様がそれほどお好きだというなら、あやかって、毎年、是非、口に入れなくては、かえって、罰《ばち》が当たる」

涼しい顔で喜平は言い、

「まったく、その通りだ」

辰吉も同調して、

「季蔵さん、いいね」

「いつものように尽くしを頼むよ」

「すみません、お願いします」

――そうは言われても、松茸尽くしにできるほど、高い松茸をもとめることなどできない――

この夜は季蔵だけが肝を冷やした。

「どうしたものでしょうね」

「どう、一杯？」

このぶんでは家に帰っても眠れそうもなかった。

「そうですね」

おき玖《く》が酒の支度をしてくれた。

季蔵は盃を傾けつつ、

「松茸尽くしとなると、どうしても、焼き松茸が欠かせないのです。とっつぁんの日記に書いてありました」

うーむと呻《うめ》くように呟《つぶや》いた。

焼き松茸となると、一人一本の松茸が必要である。

「そうは言っても、おとっつぁんだって、毎年、この時季、松茸を料理に使えたわけじゃない。季蔵さん、おとっつぁんの松茸料理、教えてもらったことあった？」

「ありません」

「でしょ。だから、おとっつぁん、松茸がわりに安かった年にだけ、松茸尽くしをお出ししていたんだと思う」

「いくら安くても、この江戸ですからね、お客様方、お一人お一人に、焼き松茸が出せるとはとても思えません」

「じゃあ、どうしてなんだろう？」

「とっつぁんが松茸狩りをなさっていれば――」

長次郎が食材集めのために、良効堂の薬草園に出向いていたことを季蔵は思い出した。

――あり得ないことではないが――

「けど、どこの赤松林まで？」

「多摩まで足を伸ばせば、自然の赤松林があって、松茸が生えているのかも。その場所をとっつぁんが知っていて――」

途中でその話を止めたのは、

――違うな。とっつぁんが松茸狩りに長《た》けていたとしたら、毎年、松茸尽くしができたはずなのだから――

それでは辻褄《つじつま》が合わないからであった。

三

この夜、四ツ半（午後十一時頃）に季蔵は塩梅屋から家に帰り、床《とこ》についたものの、目が冴《さ》えてなかなか眠れなかった。

――高価な松茸をとっつぁんが、お客様方に気前よく、振る舞うことができた年には、いったい、何があったのだろう？――

信濃か甲州に山を持つ、松茸長者と知り合いになっていたのかとも考えてはみたが、

――それなら、やはり、毎年、恩恵にあずかっていてもおかしくない――

得心のゆく答えは浮かばなかった。

考え続けるのに疲れて、やっと、うとうと眠りかけたところ、かん、かん、かんという半鐘の音が聞こえてきた。

――火事――

季蔵は飛び起きて、外へ出てみた。

並びの家の油障子もいっせいに開いて、

「火事だ」

「大変だ」

「どこなんだ」

飛び出てきた長屋の住人たちの顔には、一様に不安の影が落ちている。

半鐘はまだ鳴り続けている。

――半鐘の音からして、そうは近くないと思うが――

江戸の人たちにとって、何より火事は恐ろしい。たとえ、火消しが駆けつけてきても、消し止められることは稀《まれ》で、火が出たら最後、家屋敷は炎に焼き尽くされ、多少の家財道具を運び出せる者は運のいい方で、たいていは命からがら逃げ出すしかなかった。

するとそこへ、

「聞いてきた、聞いてきた」

長屋に住んで、瓦版《かわらばん》屋を生業《なりわい》にしている平助《へいすけ》が、木戸門を潜《くぐ》り抜けてきて、

「火の出所は小伝馬《こでんま》町の揚《あが》り座敷だそうだ」

揚り座敷とは、咎人《とがにん》の中でも旗本、御目見得《おめみえ》以上、身分の高い神官や僧侶のために用意されている牢《ろう》であった。

「小火《ぼや》で事なきを得たってえから、何よりだったぜ」

言葉とは裏腹に平助は少なからず、残念そうな顔をした。大火事にでもなっていたら、あること、ないこと、派手に書きまくって、市中で売り歩き、大いに稼ぐことができたからであった。

――小火なら、咎人が外に出ることはなかったはずだ――

牢が火事に見舞われると、牢役人たちは咎人たちを一時、外へ解き放つ。もちろん、火がおさまり次第、戻ってくるという約束を取り交わして自由にするのであった。

「よかった、よかった」

住人たちは胸を撫で下ろして、各々《おのおの》、家へと入り、

「そうだな、よかった」

平助は浮かない顔で自分の油障子を開けた。

季蔵も家に入って、しばらく、うとうとしていると、戸口を叩く音と、

「塩梅屋さん、塩梅屋さん」

男の低めた声が聞こえた。

――今時分、いったい誰が――

「ちょっとお待ちください」

起き上がった季蔵は、夜具を片付け、普段、畳の下に隠してある匕首《あいくち》を懐に呑《の》んだ。

「それがしです」

訪れたのは内与力の清水佐平次であった。

「御奉行の使いでまいりました。すぐに亀井町まで同道して頂きたい」

佐平次は緊張した面持ちで言った。

「わかりました」

季蔵は佐平次と共に亀井町へと向かった。途中、佐平次は一言も口を開かず、季蔵も無言であった。

佐平次は骨董《こっとう》屋の千住屋の前で止まった。主《あるじ》はすでに、大罪を犯した罪で牢につながれている。店終《みせじま》いを命じられた千住屋は、大戸が下ろされ、潜り戸には板が打ちつけられていた。奉公人たちも暇を取らされ、店の中は無人のはずであった。

「御奉行は蔵の方においでです」

二人は店の裏手にある蔵へと急いだ。

蔵の錠前はすでに外されている。戸を開けると、中は灯《あか》りが点《とも》されていて、

「見てもらいたいものがある」

烏谷が倒れている初老の男の骸を見下ろしていた。骸は痣と刺し傷が全身に見られた。

あまりにも酷い死に様であった。

「この者は千住屋松五郎《まつごろう》だ。絞め殺されているが、その前に随分と痛めつけられておる。

いずれ極刑に処せられるとしても、これよりは、楽な死に様であったろう」

「小伝馬町の小火で解き放たれた者がいたのですね」

——飾り職の名人だった母方の祖父銀元吉《しろがねのもときち》の贋作《がんさく》売りと、本物のろうかん細工の簪《かんざし》を盗んだとしてお縄になった千住屋松五郎は、揚り座敷に居たのか——

「松五郎は、せめて、命のあるうちは相応の日々を送りたいと、そこかしこに賄賂《わいろ》をまいていたのだ」

——もちろん、御奉行は松五郎が揚り座敷に囚《とら》われていることをご存じだったのだろう——

揚り座敷の咎人について、それがどこの誰だか、公《おおやけ》にされることは滅多になかった。

「解き放たれて、家に戻ってくるのはわかる。しかし、どうして、このような姿になり果てたのか、皆目、わからぬのだ」

烏谷は腕組みをしたままでいる。

蔵には文机《ふづくえ》が置かれていた。ただし、硯《すずり》と筆は床に飛び散っている。

——文机が蔵にあったものとは思えないから、運びこまれたのだろう。しかし、いったい何のために——

季蔵は文机と骸に交互に目を遣り、松五郎が左手を拳《こぶし》に握って果てていることに気がつくと、そっとその拳を開かせた。中には引き千切って丸めた紙があった。開いてみたところ、簪と思われる絵図が描かれている。

これを凝視した烏谷は、

「これなら、見覚えがあるぞ。元吉の絵図帖は、贋作の罪の証として奉行所が預かっている。松五郎を問い詰めたところ、〝祖父の元吉が、仕上げた細工物を渡す際に、別れを惜しんで書き遺《のこ》した絵図でございます。これを真似《まね》て、贋物を作らせておりました〟と、白状したのだ。やまと屋から盗まれた簪の絵図には、ろうかん細工だと示すために、緑色の顔料で簪の頭が塗られていた。これを真似て墨で描いたものだ」

簪といえば女物である。桜や梅が一番人気で椿《つばき》や牡丹《ぼたん》などの花の形が多いものなのだったが、

「これは小松菜ですね」

季蔵はしげしげと、簪の絵図を見つめた。

「そうか、変わり牡丹に蜂《はち》だとばかり思っていたが」

葉の上には小さなキリギリスとイナゴが向かい合うようにして配されている。

――小松菜もキリギリス、イナゴもどれも緑で、ろうかんの色に合う――

「虫のついた小松菜か」

烏谷は顔をしかめた。

――たしかに変わった簪だ。変わりすぎているといっていい――

「墨の跡がまだ新しいですから、今際《いまわ》の際に、松五郎が書き遺したのでは？」

佐平次の指摘に、

「すると、これは、片付いたと思っていた、あのろうかん絡みだというのだな」

烏谷はぎょっと目を瞠《みは》り、季蔵は黙って頷《うなず》いた。

――しかし、何とどう関わっているのか、まるでわからない――

「揚り座敷の小火は付け火だった。何者かが、松五郎を逃がせば、必ず、ここへ戻ってくるとわかっていて、やったことに違いない。そして、そやつは先回りをしてここで待ち、松五郎の身体に訊《き》こうとしたのだろう」

烏谷はきっぱりと言い切った。

「三十年前、やまと屋から盗み出された、ろうかんと水晶の文鎮について、作った銀元吉と血を分けた千住屋松五郎が、何か、重大な秘密を知っていると睨んだのでしょうか」

佐平次の言葉に、

「そうだ。そして、我らは今、それを初めて知った」

烏谷はふーっと大きくため息をついて、

「おそらく悪党どもは、牛の文鎮と小松菜と虫の簪を手中におさめているはずだ。だが、残念ながら、牛の根付けは我が手にある。愚か者たちは、それを知らず、ただただ、松五郎を責め立てて、根付けの在処《ありか》を吐かせようとしたのだろう」

「そうとは考えられますが――」

「わしの話に、何か、腑《ふ》に落ちぬものがあるようだな。申してみよ」

「牛の根付けの在処を問い詰められたのなら、どうして、松五郎は簪の絵図を破って持っていたのかと――」

するとと佐平次は、

「おそらく、松五郎は秘密など知らなかったのではないかと思います。当初は知っているふりをするために、文机を運ばせて、覚えている牛の根付けや文鎮、簪の絵を描いたのです。けれども、それ以上は何も知らず、痛め続けられた挙げ句、これで果てるのだと、松五郎もいよいよ悟り、一瞬、心から祖父を敬う清い気持ちとなり、〝これには祖父元吉の思いがこもっている〟とばかりに、悪党どもが持ち去ろうとした、ろうかんの簪絵図に、最後の力を振り絞って手を伸ばし、引き千切ったのでしょう」

「なるほど。松五郎が千切った絵図が、奴らの手中にある簪なら、引き千切るままにさせておいても不都合はないな。喉《のど》から手が出るほど欲しいのは根付けの方なのだから」

烏谷は大きく頷いた。

四

――たしかにそんな経緯だったのかもしれない――

またしても季蔵は佐平次の深い読みに感心した。

――さすがだ――

そうだとすると、松五郎が手にしていた簪の絵図には、何の意味もないことになる。

――手掛かりもないわけだ――

自分に出来ることはないかと考えて、その日、仕込みを終えた季蔵は離れに籠《こ》もって、小松菜について書かれた書物を探して読んだ。

――ほう、これは――

ある本に書かれていた挿話が気にかかって、

――そんないわれがあったとは――

しばらく、その箇所を凝視した。

翌々日、烏谷からの呼び出しがまたかかった。使いの者が届けてきた文には今宵、六ツ半（午後七時頃）、三田《みた》の恩兼寺で出張料理を頼むと書かれている。

――急なことで困るが、今夜は、全てを三吉にまかせよう――

季蔵が恩兼寺の山門を潜り抜けると、

――いったい、何が――

松茸のえも言われぬ匂いが馥郁《ふくいく》と漂ってきた。

「季蔵殿」

佐平次が駆け寄ってきた。

「御奉行は客間においでです」

通された客間には、烏谷の他に二人の頭巾《ずきん》姿の男たちが座っていた。住職や寺の者とは到底思えない。

「ここは、今宵に限り、借りているだけの場所だ。わきまえて、ここを訪ねたことも忘れてもらいたい」

烏谷は厳しい表情を季蔵に向けた。

「承知いたしました」

「これでよろしいか」

座っている男たちが渋々、頷くと、

「この者は日本橋は木原店《きはらだな》で一膳飯屋を営む季蔵と申すもの――」

「塩梅屋季蔵と申します」

季蔵は平伏した。

「それでは各々方《おのおのがた》も名を明かされよ」

烏谷はりんと通る声を響かせた。

「しかし――」

「それはご勘弁を――」

二人はたじろいだが、

「わしが奉行だということを忘れてもらっては困る。このような謀《はかりごと》には、とかく、強い者の方が強引にことを進めがちだ。後で秘密を知る邪魔者だと決めつけられて、葬られる者が出て来ないとも限らない」

――謀に巻き込まれた挙げ句、邪魔者として始末されかねない事態のようだ――

季蔵はぞっと背筋が冷たくなった。

――御奉行の御指図ゆえ、従うほかはないが、とっつぁんにも同じようなことがあったのだろうか――

「それにこの謀は、何もこれが初めてではない。先代長次郎の頃から、松原藩との間に行われてきた。松原藩にある松鶯山《しょうおうさん》の赤松の根元が、松茸で埋まるほど豊作の年に限って――」

――謀は松茸絡みだったのだな――

松茸の香りは客間にまで漂ってきていた。

――よほどの量の松茸だ――

一方、烏谷の口から、松原藩、松鶯山、松茸という言葉が飛び出したとたん、

「わしは松原藩石本家江戸家老、沢崎幾之進《さわざきいくのしん》と申す」

三十路を一つ、二つ過ぎた年頃の侍が、おもむろに頭巾を脱いで、季蔵を睨み据えた。

沢崎はすっと上背を伸ばして季蔵を睥睨《へいげい》している。ただし、声はやや高い。

「これは知らぬこととはいえ、とんだご無礼をいたしました」

季蔵はさらにまた平伏したが、

――何と、松原藩の江戸家老との謀に巻き込まれるのか――

驚いて畳の目に向けて目を瞠った。

「幾之進殿はお父上の跡を継がれて、江戸家老になられてから日がまだ浅い。〝香り塩〟をなさるのも初めてであろう。ご心労のほどお察し申し上げる」

烏谷は沢崎をねぎらいつつ、釘《くぎ》を刺した。

「わたしは万福堂紋左衛門《もんざえもん》と申します」

頭巾を外した、四十絡みの町人が寂《さ》びた声で名乗った。声だけは、役者にしてもいいほど、ずしりと深く、一度聞いたら、決して忘れることのできない美声であった。中肉中背の容姿の方は凡庸で、どこといって特徴もなかったが、羽織と対《つい》になっている大島紬《つむぎ》は、夜目にもよい艶《つや》を放っている。

――万福堂、あの最中の万福堂だろうか――

すると烏谷は、

「そちのところの最中は美味《うま》いのう」

とろけるような顔をしてみせた。

「何日か前、食い切れぬほどの最中が届いた。沢崎殿、佐平次、そちたちのところへも届いているはずだ」

沢崎と佐平次は頷く代わりにうつむいた。

すかさず、万福堂紋左衛門は、

「栗と小豆の最中で皆様方のご贔屓《ひいき》をいただいている、ご存じ、日本橋は長谷川町の万福堂でございます。ここでお見知りおきいただくも何かの御縁、すぐにご挨拶《あいさつ》させていただきます」

季蔵のところにも、最中を届けるつもりだと匂わせた。如才ない口調で笑いかけている万福堂の小さな目は、笑うと筋のようになって、表情が全く読み取れない。

「最中もよいが、まずはあれじゃ、あれ」

烏谷は季蔵に顎《あご》をしゃくった。

「庫裡《くり》に松茸を用意させてある。それらを全部、焼き松茸にしてくれ。そうだ、吸い物もほしい」

館林藩ほどではなかったが、松原藩の松茸も長きにわたって献上品であった。

——謀というのは、献上松茸に関わって、役得で焼き松茸を食べることだったのか。しかし、ただそれだけのために、万福堂が加わるとは思えない——

佐平次に庫裡へ案内された季蔵は、大きな竹籠《たけかご》いっぱいの松茸にため息をついた。どれもつぼみのままか、かさが中開きになっている極上品である。

——これだけあれば、百人以上の人たちに、松茸尽くしを楽しんでもらえるというのに——

さまざまな松茸飯、松茸の天麩羅《てんぷら》、松茸のおひたし——、松茸を使った料理の数々が、季蔵の頭の中を駆けめぐった。

——作り方は、どれも、とっつぁんの日記に書いてあった——

しかし、今、命じられているのは、焼き松茸と吸い物だけである。料理人としてはある種の切なさがある。

――『豆腐百珍』や『和漢精進料理抄』、『万宝《まんぽう》料理秘密箱』にも、知られた松茸料理があるというのに――

無念を堪《こら》えるために、季蔵は焼き方に凝った。二種類の焼き松茸を披露することにしたのである。

まずは竈《かまど》と七輪に火を熾《おこ》す。竈の方は灰に紙に包んだ松茸を埋め、蒸し焼きにするための用意で、七輪は網の上に寝かせた松茸の裏表を焼くためであった。

蒸し焼きの松茸には柚醤油《ゆずしょうゆ》を添え、七輪で焼く方は柚醤油で薄く付け焼きにした。

最後は吸い物である。これは松茸を古酒でさわさわと炒《い》り、酒気がなくなったところに水少々を足し、大人しい昆布風味の煎《い》り酒を垂らして、沸騰させ、大きな椀に盛って、出汁《だし》を注いで仕上げる。

椀に入る小ぶりの松茸とはいえ、一人一本を使うので、嚙みしめると、古酒と松茸が渾然《こんぜん》一体となって強烈に香る。吸い物ながら、こくのある松茸料理であった。酒の肴《さかな》にもってつけである。

――これが料理の力か――

庫裡は焼き松茸と吸い物の匂いが立ちこめている。五十本ほどあった松茸が、百本か、それ以上、あるかのように香りが立っていた。

――手をかけぬように見えるものが、最もむずかしいと、とっつぁんに諭《さと》されたものだった――

たしかにその通りだと季蔵は思った。

――一瞬なりとも、凝りたいなどと思ったのは、思い上がりだった。生の松茸はやはり、焼きが一番で二番がこの吸い物だ――

「手伝いましょう」

庫裡を出入りして、仕上がりを待っていた佐平次は、季蔵と一緒に膳を運んだ。

「おうおう、やっと出来たか」

烏谷ははしゃいだ。

「何だ、塩梅屋、そちの分はないのか？」

「料理人は試しに食するだけと決めておりますゆえ」

「長次郎は一緒に飲み食いしたぞ」

「そうでしたか――」

「ここは共に飲み語らう。それが今日の趣向だ」

「わかりました」

季蔵は自分の膳を運ぶと最下座に据えた。

五

酒宴が始まった。

沢崎は緊張の面持ちを崩さず、黙々と箸を動かし、佐平次は落ち着かない様子で始終、箸を置いて、一座の様子を見回している。烏谷が厠《かわや》へと立ち上がると付き添って行った。

烏谷と万福堂の二人は、〝美味い、美味い〟と繰り返しつつ、陽気に他愛のない話を続けた。

「おい、万福堂、こればかりは、そちのところの最中も敵《かな》うまい？」

と烏谷がからかうと、

「そのお話ばかりはご勘弁くださいませ」

酒の回っている万福堂は両手をだらりと下げたまま、頭《こうべ》を垂れて、

「何せ、当店の最中は中身だけが売り物ではございませんで、箱売り最中なぞと陰口を叩かれることもございます代物で――とても、この御松茸には敵うものではございません。どうか、お許しを」

「それゆえ、松茸にも商いを広げているのか？」

烏谷は笑い顔のまま、鋭い問い掛けをした。

「ご存じのはずではございませんか」

万福堂は動じなかった。

「松茸は古くから、どこの藩でも献上品とされております。けれど、山に生える松茸を一本残らず、お上や禁裏に献上しているのであれば、京や江戸の市中の者は、松茸など見たことも、聞いたこともないはずです。ところがそうではなく、皆、時季の松茸を楽しみに

していています。これはすべての献上品に言えることです。如何にお上への忠義が大事でも、良い品をお上だけに献上していては、たちまち藩政が立ち行かなくなってしまいます。わたしたち商人がお助けしないと——。これについては、ずっと、お上も見て見ぬふりをなさっていたのですから」

万福堂はふふふと笑った。禁裏というのは京の御所のことである。

「松茸が出回って喜ぶのは、下々だけではありません。沢崎様にとっても、松茸を通じてわたしとよしみを通じるのは、悪くない話です」

万福堂は沢崎の方をちらりと見た。嘲《あざけ》りの笑いが細い目に浮かんだのを季蔵は見逃さなかった。

——経験のない若い江戸家老と老獪《ろうかい》な商人とでは、勝負にならない——

「だからといって、馬鹿に値を吊り上げていいというものではないぞ。そちは松原藩の弱味に付け込んで、生松茸を安く叩いて、高く売っていると評判だ。数が出回りすぎては値が低くなるゆえ、松原藩から届いた生松茸を、大川に捨てさせているのを見たという者もいる」

ぐいと盃を飲み干した烏谷は、叩きつけるように言った。

——せっかくの生松茸を川に捨てるなど言語道断。なるほど、御奉行の真意はここにあったのだな。しかし、この先、御奉行はどう出られるのか——

季蔵は成り行きを見守っている。

「申しわけございませんでした」

いきなり、万福堂は平伏した。叱《しか》られて酔いが醒《さ》めたのか、さっきのような、曖昧《あいまい》な礼ではなく、畳に頭をこすりつけんばかりの平伏であった。

「愚か者め、申しわけないという詫びをいう相手は、わしではなかろう」

烏谷は万福堂を睨みつけ、さらに大声を出した。

えへんと沢崎が一つ、咳払《せきばら》いした。

「申しわけございませんでした」

万福堂は平伏したまま、沢崎の方に向き直った。

「ここは、〝香り塩〟で落とし前をつけてもらおう」

烏谷は傲然《ごうぜん》と言い放った。

「と申しますと――」

万福堂は不安そうに顔を上げた。

「季蔵」

呼ばれた季蔵は、

「はい。何でございましょうか」

「十五日後の夜、再び、松原藩より松茸が届く。今年、最後のものだ。これを塩漬けに作るのだ」

「塩松茸でございますか」

塩松茸とは旬の松茸を塩漬けにする保存法である。冬や春、夏、料理屋の懐石料理に使われる松茸は、塩を抜いて戻したものであった。塩梅屋で塩松茸を使わないのは、これでさえも値が張るせいもあったが、

「塩に香りが飛んじまってて、身はぐにゃりと伸びちまってる。塩松茸なぞ、松茸であるもんか」

長次郎が見向きもしなかったからであった。

「先代も作らせていただいていたのでしょうか」

「もちろんだ。〝香り塩〟と呼び合って、塩松茸を作り、相応の値で出回らせる。これは、互いのためのみならず、広く、市中の者たちを喜ばせることになるのだが、松茸の豊作の年はそうそうはないのだから、わしのほかは、顔ぶれが変わってしまっても仕方がない。前はこの沢崎殿のお父上、長次郎、あの柳屋《やなぎや》の虎翁《とらおう》とこうして、酒を飲み、松茸を食った。いつも長次郎は手際よく、塩松茸を仕上げてくれた」

――とっつぁんは塩松茸の作り方を遺していない。しかし、ここで、出来ないなどとは言えない――

言えば、秘密だけ知って、役立たずということになる。この場で斬《き》り殺されたとしてもおかしくはなかった。

季蔵は押し黙った。

「褒美はあるぞ」

鳥谷は片目をつぶった。

「松茸三十本、大きさは好きに取っていい。となると、誰でも大ぶりを三十本取るだろう。長次郎もそうだった」

――そうか。それで、とっつぁんは年によって松茸を尽くしで出すことができたのだな――

「ひぇー、松茸かい？」

「はつたけじゃねえのかい？」

はつたけというのは松茸にやや姿が似た茸である。

「嗅いでみりゃ、すぐわかる」

「ほんもんだよ、ほんもん、間違いねえ」

「うれしいねえ」

「こりゃあ、何よりの命の洗濯だよ」

季蔵の頭の中に、松茸料理を前に喜び合う客達の顔が浮かんだ。

――そうだ、あの顔を見せてもらうためにも――

「わかりました。ただし、いただける松茸は中の大きさのものを、五十本にしてくださいますよう――」

沢崎に向かって頭を下げた。

――生松茸のよい香りは、届いて三日ほどだろう。塩梅屋を訪れてくださるお客様たちのうち一日に十人ほど。三日で三十人。五十本ないと、焼き松茸を振る舞う尽くしを出すことができない――

「今年は豊作中の豊作ゆえよかろう」

沢崎は無表情のまま応《こた》えた。

「よいそうだ。よかったな、塩梅屋」

烏谷の目がおどけた。

「ありがとうございます」

季蔵は二人に向けて、深く頭を下げた。

――何としても、塩松茸の作り方を識《し》らなければならない――

「ところで、その塩松茸だが――」

烏谷は再び、万福堂の方を向いた。

「蒸し返すようだが、あの柳屋とて、そちほど強欲ではなかったぞ」

柳屋はかつて永代橋近くにあった京風の菓子屋である。菓子屋と言っても、店先に形ばかりの京菓子が並んでいるだけであった。刀を捨てて婿養子に入った先代が、相応の財を築き上げて人脈を手中におさめて、市中の経済や流通のみならず、幕閣の人事までも支配していたからである。

虎翁と呼ばれ、一代で財をなした先代が、卒中で倒れ、隠居の身となっても、暗然たる力をふるい続けていた。

烏谷は虎翁についての話を続けた。

「虎翁をとやかく言う者は多かったが、若い頃はともあれ、老いてからというものは、目にあまる非道とは無縁だった。持ち前の偏屈さゆえ、よほどつきあいを深めないと感じられなかったが、あの男なりの慈悲心は持ち合わせていた。おそらく、地獄の釜の火で焼かれる、八熱地獄の苦しみを恐れたのだろうが——」

——たしか、御奉行は虎翁の訃報に接して、これで市中の闇《やみ》が深くなるとおっしゃった——

万福堂が松原藩の生松茸に高値をつけて、暴利を貪《むさぼ》ったのは、闇の氷山の一角だという気がした。

「御奉行はわたしに虎翁を見倣《みなら》えとおっしゃるのですね」

笑いにかこつけて、万福堂は目の表情を隠した。

「いかにも、その通り」

烏谷は言い切った。

「侍と商人、そして町人たちがよりよく、寄り合ってこそ、この江戸の町は住みよく保たれる」

「わかりました」

万福堂はまだ笑い顔でいる。

「ならば、生松茸を高値で売ったお詫びも兼ねて、塩松茸、沢崎様のおっしゃる値で買わせていただき、御奉行様のお命じになる値で売ることといたします。これでいかがでございましょうか」

六

「あっぱれ、よかろう」

烏谷は万福堂とは対照的な、子どものような笑みを浮かべた。

「それでこそ、よっ、江戸一の松茸商人」

芝居の掛け声に似せた烏谷に、

「それだけはご勘弁願います。いつの世にも、献上品の松茸の商いは公にできぬもの。松茸商人など、市中に居てはならぬものでございましょう。どうか、箱売り最中の成り上がり者と呼んでくださいまし」

万福堂は恭《うやうや》しく応えた。

この日、家に帰った季蔵はおちおち眠れず、一番鶏《どり》が鳴くのを待って店へ走った。離れへ入ると、書物のある納戸の扉を開ける。

――とっつぁんが塩松茸を作っていたということは、きっと、どこかに作り方を書いたものがあるはずだ――

季蔵は必死に積み重ねられている料理書を繰っていった。

一刻《いっとき》（約二時間）ほど続けたが、塩松茸の記述は見つからない。

――困った――

季蔵の額から冷や汗が流れ出した。丁を繰っていた手で額を拭《ぬぐ》った。その時、開かれていた箇所から、見たことのある絵図が目に飛び込んできた。

――これは――

絵図が描かれているのは、〝清国《しんこく》の青菜〟と記されている箇所であった。そこには、〝清国には白菜と呼ばれる青菜の種類があって、葉は青いが茎は白く、独特の甘みが格別で美味である。尊ばれている証に、これを細工した翠玉《すいぎょく》白菜がある――〟と書かれていて、絵図はその翠玉白菜であった。白菜の上にはキリギリスとイナゴが乗っている。

〝清国ではキリギリスとイナゴは多産、繁栄の印であり、縁起のいいものとされている〟

――あの簪は翠玉白菜を模したものだったのだ――

季蔵は、なるほどと、しばし、見入ってしまった。

「季蔵さん？」

おき玖が離れの戸を開けた。

「朝餉の支度をしていたら、物音がしたものだから。やっぱり、季蔵さんだったのね。どうしたの？　こんなに早いうちから」

「実は――」

季蔵は品川にある大店《おおだな》の主から、塩松茸を作ってほしいと頼まれたと話を変えた。

「どこで塩梅屋の噂を聞いたのか、わざわざ、わたしのところまで出向いてくださったのには、正直、根負けしてしまいました。商いで日本橋まで来たついでに声をかけてみたのだとは、おっしゃっていましたが――」

「まあ、こんなに松茸が高値だっていうのに？　よほどのお大尽なのね」

おき玖はため息をついた。

「この手の出張仕込みはとっつぁんもなさっていたようですね。とっつぁんの噂もご存じでしたから」

かまをかけたわけではなかったが、

「じゃあ、また、お代は生松茸ね」

おき玖はにっこりとうれしそうに笑って、

「これで今年は珍しく、松茸尽くしができるわね」

――やはり――

頷いた季蔵を、

「それで季蔵さん、やったことのない塩松茸の仕込みについて、書いてある書物を見つけようとしていたのね。今までずっと？」

おき玖はまじまじと見つめた。

「ええ、まあ――」

「塩松茸のことなら、ここよ」

おき玖は島田に結った頭に人差し指を当てた。

「お嬢さんへの口伝《くでん》だったのですね」

「塩松茸なんてもん、口伝というほど大それたもんじゃないわよ。後で教えるから、今は一緒に朝餉を食べましょうよ」

朝餉と言われて腹がぐうと鳴った。思えば、昨夜から、烏谷に無理やり飲まされた盃一杯の酒と、焼き松茸と吸い物少々を腹に納めただけであった。

「御馳走になります」

「いやあねえ、御馳走だなんて。ご飯だけは炊きたてだけど、お菜は納豆、それに小松菜と油揚げの味噌汁だけなのよ」

おき玖は恥ずかしそうな顔をした。

季蔵はおき玖の調えてくれた朝餉の膳に向かいながら、ふと、汁椀の小松菜が目に入ると、

――やまと屋、徳兵衛の松島屋と渡って、無くなってしまったろうかんの簪は、どうして、白菜ではなく、小松菜だったのだろうか――

拘《こだわ》りかけて、

――これを細工した名工銀元吉は、見たこともない白菜より、小松菜の方が馴染《なじ》みがあったからにちがいない――

清水佐平次なら間違いなく、そう断じるだろうと思い、ろうかんの簪や翠玉白菜の絵図

のことは、ひとまず、忘れることにした。

——今はとにもかくにも、塩松茸だ——

もどかしい思いで朝餉を終えた季蔵に、

「塩松茸はね、さっと湯通しして、しずくをよく拭《ふ》き取ってから、籠に塩をふった松葉を並べ、この上に松茸を置き、塩で埋める、何度もこんな具合に重ねていくだけのことよ。要は塩で漬けるだけなんだもの」

おき玖はさらりと言ってのけた。

「それは籠で漬ける方法ですね」

「そうそう」

「わたしが伺う大店では、瓶で漬けるのだと聞いています。お礼が結構な数の松茸だということは、相当の数を漬けるのです」

「瓶漬けの方は——」

「とっつぁんから聞いていませんか？」

季蔵は身を乗りだした。

「ちらっとは聞いたことがある」

「話してください」

「わたしが思いついて、しめじを塩漬けにした時のことだったわ。ほら、しめじなら、そうは高くないし、何しろ味しめじなんだし、時季外れの冬になっても、食べたいなって、思ったのよ。欲張って、瓶いっぱいに漬けたの」

「上手《うま》く漬かりましたか？」

「しめじって、華奢《きゃしゃ》でかさは小さいし、軸は細いでしょう。だから、塩がなかなか抜けなくて――。結果は失敗。その時、おとっつぁんがしめじは、まだ干しの方がましだって教えてくれたのよ」

「干すのは椎茸《しいたけ》だけじゃないんですね」

「江戸市中にいるわたしたちは、旬だ、初物だって有り難がっているけど、田舎《いなか》に暮らす人たちは、そりゃあ、始末で、きのこ類にしても、食べきれないほど採れた時は、まずは干すのだそうよ」

「干ししめじは試してみたのですか？」

「塩しめじで失敗したものだから、すっかり、気持ちが萎《な》えちゃって――」

おき玖は首を横に振って、

「その時だったわね。おとっつぁんが、もう、何年も前から、出張仕込みで、干し松茸や塩松茸を頼まれてるって話をしてくれたのは――。こればかりは、京仕込みなんだって、口惜《くや》しそうだった」

――それで、日記に書かなかったのか。江戸っ子自慢のとっつぁんらしい――

「今にしてみれば、たいしたことでもない失敗で、やる気をなくしてたあたしを叱る代わりだったんだと思うわ。料理はそんなに甘くないぞって――」

「なるほど」

「いけない、話が逸《そ》れちゃった。瓶で漬ける塩松茸のことだったわね」

「ええ」

「まずは、親指の大きさというから、小さなものね、その大きさの松茸四十本に塩三合（六百グラム）と水一升（一・八リットル）の割で加え、煮詰まるまで煮るの」

「さすが、よく覚えていらっしゃいます」

「たぶん、叱られたって感じたからでしょ」

おき玖は照れ臭そうに笑った。

「でも、これだけだから覚えてられたのよ。後は汁ごと瓶に入れて、落とし蓋をして目張りし、放《ほう》っておく。そうそう、食べる時には、柿の葉か、柿の折った枝を入れて煮るんだそうよ。柿の渋を入れてもいいって。塩気が早く抜けるそうだから」

「戻し方に秘訣《ひけつ》があるのですね」

季蔵は感心した。

「戻しの秘訣なら、干し松茸にもあるのよ。干し松茸はただ、かげ干しにして乾かすだけだけど、戻すのはこつがいるの。水で土を練り、その上に干し松茸を挿して、桶《おけ》を被《かぶ》せておくと、一日かそこらで生のようになるんですって」

――なるほど。軸の太くて長い松茸なら、濡《ぬ》れた土に挿しておいて、少しずつ、水を含ませることができる。桶に張った水に浸すのとは、比べものにならないほど香りが保たれるだろう――

「塩も干しも、一度、試してみたいものです」

「――そうしないと、どうにも得心がいかない――」

「そりゃあ、わからないでもないけど、所詮《しょせん》、無理だわよ」

季蔵とて、もとより、松茸で試すことは考えていなかった。

「松茸に似た香りなどありませんから、これは諦めます。ただし、戻したきのこの食味がどうにも気にかかるんです」

七

「そうなると、姿形が松茸に似たきのこってことになるんだろうけど――」

おき玖は知らずと額に片手を当てて、考えこんでいた。

「煮上げて、大きな瓶いっぱい要り用となるとねえ――。高値は仕様がないとして、すぐに手に入るとは思えないわ」

すると、戸口が開いて、

「面白い話を聞かせてもらったぜ」

空になった天秤棒《てんびん》を担いだ豪助《ごうすけ》が立っていた。

「あら、今朝あたり、蜆の味噌汁にしようと思ってたのに」

おき玖は挨拶代わりに文句を言った。

猪牙舟《ちょきぶね》の船頭である豪助の道楽は、朝早くから、浅蜊《あさり》や蜆を売り歩いて、これはと思う茶屋娘に入れ上げることであった。法外な値の茶や菓子が、美貌《びぼう》の看板娘の観賞料である水茶屋通いは、船頭の稼ぎだけでは足りるものではなかった。

「すまねえが、今日は浅蜊も蜆も飛ぶように売れてさ、この通り、すっからかんだ。でも、ま、近くを通ったから、顔ぐれえ、見せとこうと思って」

おき玖は気がついていないが、豪助の片想いは淡く長く続いている。

三日にあげず顔を合わせている二人は、

「相変わらず?」

おき玖が訊いたのは水茶屋通いのことで、

「まあな」

「あたし、また、金兵衛《きんべえ》長屋のおもとちゃんに、豪助さんとの仲立ちを頼まれちゃってるの。おすみちゃん、おとめちゃん、おなつちゃん、おきよちゃん、おせんちゃん、おやえちゃん——これでもう、七人目よ」

おき玖はため息をついた。

「みんな猪牙舟の船頭姿に一目惚《ひとめぼ》れで、いろいろ調べて、日頃、よく出入りしているここへ行き着くのよ」

小柄ながら引き締まった身体つきで、端整な浅黒い顔の豪助は町娘たちに人気があったのである。

「何だか、あたし、みんなの話を聞くのも、伝えるのも疲れちゃった」

「疲れるんだったら、もう、止《よ》しといてくださいよ」

豪助は知ったことかと言わんばかりであった。

「そうはいかないわよ。みんな思い詰めて、あたしに話さずにはいられないんだから」

「俺は誰とも所帯を持つ気なんてねえし、水茶屋通いだけは止《や》められねえ」

唇を尖《とが》らせた豪助は、季蔵の方だけを見て、

「聞かせてもらったのは、塩松茸や干し松茸を試そうって話だったが、ここは一つ、兄貴の力にならせてもらうよ」

どんと胸を拳で叩いた。

「いつも、豪助には世話になる」

思えば主家を出奔した折、豪助の猪牙舟に乗り合わせたのが出会いの始まりで、共に危ない橋を渡ったことまである間柄であった。

「松茸に似たきのこが、煮上げて、大瓶いっぱいになるほど要り用なんだろ？」

「そうだ」

「香りは松茸ほどでなくてもいいんだよな」

豪助は念を押して、

「姿形がそこそこ似てるのは、ハツタケなんだが。下総《しもうさ》の小金《こがね》ってえとこにはいっぺいあるそうだ。舟ん中でお客同士が話しているのを聞いたことがあるぜ」

「しかし、下総では時がかかるだろう」

「そうなんだ」

「干したり、塩に漬けたりしたものを、一度は戻して、味わっておきたい」

「てっとり早いのは椎茸ね」

おき玖が口を挟んだ。

「たしかに椎茸は、きのこの神様の松茸とは、天と地ほども違う。だが、今時分の生椎茸は肉厚で美味いから、結構、いい値だよ。塩椎茸にして、瓶いっぱい入れるとなると二両は下らねえだろう」

「試しに使うには高すぎる」

季蔵は眉《まゆ》を寄せた。

「ムキタケはどうかい？」

「ムキタケ？」

季蔵とおき玖は顔を見合わせて、共に首をかしげた。

「兄貴やおき玖ちゃんは茸狩りに縁がねえようだな」

「縁がないのは、茸狩りだけじゃなく、摘み菜もよ」

おき玖は虫が死ぬほど嫌いであった。

――秋の林の中なんて、蚯蚓《みみず》がじょろじょろ這《は》ってそうだわ――

「茸は見立てがむずかしいだろうが」

季蔵は子どもの頃、日々の賄《まかな》いに苦労していた母が、春の摘み菜こそ、菜の足しになると、歓迎してくれたものの、茸狩りについては、

「茸は似ているものが多くて、毒のあるものと、そうでないものとの区別がつきにくいものです。よほど慣れた大人でないと――」

禁じていたことを思い出した。

――聞き慣れないムキタケとやらを知っている豪助は、きっと、茸狩りに慣れているのだろう――

季蔵の視線を感じた豪助は、

「実は思いついて、茸売りをしようとしたこともあるのさ。多摩から出てきた、茸売りのじいさんを舟に乗せたのが縁で、すっかり、仲良くなったことがあってね。ブナやミズナラの林には、ムキタケって名のそりゃあ、美味い茸が生えてるって、教えてもらったのさ」

「ムキタケという名の謂《い》われは？」

「かさを触るとぼろぼろ剝《む》けるからだよ」

「どうして、茸売りにならなかったの？」

「考えてもみてくれよ。茸が採れるのは秋だけだ。秋だけの商いじゃ、つまんねえ。その点、浅蜊や蜆は一年中だ」

「しかし、煮て瓶いっぱいになるほどの量が採れるものなのか？」

「ムキタケは松茸じゃないからね。天気にほとんど関わりなく、たんと生える。俺はいい場所を知ってるんだ。だから、任しといてくれ」

こうして心強くも、豪助がムキタケの調達を請け合ってくれた。

その日の夕方、塩梅屋の勝手口に立った豪助は、天秤棒の笊《ざる》にムキタケを積み上げていた。

「これだけありゃあ、瓶いっぱいになるだろう」

「恩に着る」

季蔵は感謝の目で応えた。

「それから――」

豪助は懐に手をやって、一本、二本、三本――合わせて五本の松茸を取りだした。小ぶりだが、独特の香りを放っている。松茸にしては少々、強すぎる匂いであった。

「これも採ってきたぜ」

「松茸じゃないの」

おき玖は飛び上がりかけた。

「あんた、天狗《てんぐ》になったの？　天狗にでもならなきゃ、信濃の山まで行って帰ってこられっこない――」

「信濃じゃない、正真正銘、ムキタケのあった、市中のブナの林の中で採ったのさ」

にやりと笑った豪助は、

「ただし、こいつは、松茸は松茸でも、ブナやミズナラ、シイの林に生える。毒はねえし、そこそこ美味いが、〝馬鹿松茸〟って間抜けな名でさ、ところによっては、〝早松《さまつ》〟とも言うそうだが、普通は夏に出てくる。偶然、時季外れの何本かを見つけたんだ」

したり顔できのこ通ぶりを示した。

夜更けて、店の暖簾《のれん》をしまった後、早速、季蔵は三吉《さんきち》やおき玖の助けを借りて、干しムキタケと塩ムキタケの仕込みに取りかかった。

「そう、むずかしいもんじゃありませんね」

三吉が水と塩の入った鍋に、ムキタケを手づかみで投げ込もうとすると、

「それでは駄目だ。まずは、仕分けをしないと」

季蔵は厨《くりや》の土間にムキタケを広げさせた。

「豪助が採ってきてくれたばかりのものとはいえ、鮮度のいいものと、かさが開いてから時が過ぎて、乾き始めているものとがある。鮮度のいいものは塩に、乾いてきているものは、そのまま干しにする方がいい」

「なあるほど」

合点した三吉はせっせと仕分けを始めた。

「これは干すことにしよう」

季蔵は馬鹿松茸を干しの方へよけた。

「時季外れの馬鹿松茸とはいえ、匂いはいいですよ。かさも乾いているように見えないし

――」

首をかしげた三吉に、

「ムキタケの形を見てみろ」

ムキタケは茸の形ではなく、半月形のへらのような姿をしている。

「干しムキタケでは濡れた土に挿して、戻してみることはできないが、馬鹿松茸にはその役目が務まる」

季蔵は一見、松茸にしか見えない、馬鹿松茸をしげしげとながめた。

第四話　黄翡翠芋

一

何日かして、松原藩から今年最後の松茸《まつたけ》が届く夜となり、塩梅屋《あんばいや》を早終《はやじま》いした後、季蔵《としぞう》は三田の恩兼寺へと向かった。

途中、落ち合った烏谷《からすだに》は、

「文には、何やら、話があると書いてあったが――」

ほろ酔い加減でも目の鋭さは保たれている。

「今宵のことで、お願いしておきたいことがございまして――」

「塩松茸作りについてか？」

「はい」

「あれは塩で漬ける。ただ、それだけのものだぞ」

「そう、申されてしまえばそれまでですが――」

季蔵は全部を塩松茸にするのではなく、かさが乾いているものは、干し松茸に向いていること、塩松茸、干し松茸各々《おのおの》に適した戻し方がある旨《むね》を告げた。柿の渋を加えたり、濡《ぬ》れた土に挿すという秘訣《ひけつ》を説明したのである。

——たしかに柿の葉は塩気を少なくしてくれたし、土に挿した干し馬鹿松茸は香りだけではなく、食味も水に浸して戻したものと違った——

「それなら、とっくに長次郎《ちょうじろう》に聞いている」

烏谷はなあんだという顔をした。

「柳屋《やなぎや》や沢崎《さわざき》の父親と一緒に聞いた。あの虎翁《とらおう》ときたら、干し松茸の土挿しのくだりになると、食いいるような目になって、〝本当だな、本当だな〟と何度も繰り返した挙げ句、十日ほどして、わしたちを呼び出し、戻した干し松茸を長次郎に見せて、〝吸い物にしてくれ〟と頼んだ。生松茸とはまた違った美味《うま》さと香りで、三人とも酒が進んだ。あれほど無邪気で、うれしそうな虎翁の顔を見たのは初めてだった」

「虎翁は塩松茸や干し松茸を商う際に、戻し方の秘訣を書いたものも添えていたでしょうね」

「もちろんだ」

「今回もそのようにお願いいたします。塩にしろ、干しにしろ、松茸は高価なものです。戻し方が悪くて、美味《おい》しく食べられないのでは、松茸も浮かばれず、高い買い物をした人たちに気の毒ですから」

「そちは、沢崎の息子と万福堂《まんぷくどう》を無知と見なしているようだな」

「ご無礼にも無知などとは――」

「有《あ》り体《てい》にいえばそうであろう。言われてみれば、なるほど、わしもそう思える」

烏谷は、

「ははは、これはうっかりした。一本取られた」

と豪快に笑い飛ばして、

「考えてみれば、この件は世代交代があった。長次郎、虎翁、沢崎の父親と相次いで鬼籍《きせき》に入《い》った。昔のまま居残っているのはわし一人だ。そちの案じる通り、わしは不覚にも、新参の沢崎幾之進《いくのしん》や万福堂にくわしい話を伝えそびれていた。そういえば、二人の口から出ていたのは、塩松茸ばかりで、干し松茸については一語も無かった。おそらく、塩松茸を仕込む際に、仕分けして、干し松茸も作ることを知らなかったのだろう。前の江戸詰家老、沢崎直礼《なおのり》は、何事につけても、几帳面《きちょうめん》で生真面目《きまじめ》を絵に描いたような男だった。商人と結んでの松茸商いは、長きにわたる口伝《くでん》の秘事ゆえ、文書には遺《のこ》さずとも、直礼が心《しん》臓の病で急死せず、隠居でもしておれば、息子に伝えていたであろうが――。わかった。わしからこの二人に今の件を、厳重に伝えるゆえ、案ぜずともよい。それにしても、そちにいらぬ心労をかけたな。許してくれ」

烏谷は季蔵に向けて軽く辞儀をした。

寺の庫裡《くり》での塩松茸、干し松茸作りはつつがなく進んだ。

客間の烏谷や沢崎、万福堂は、酒で時を過ごしていたが、塩松茸の匂《にお》いに引き寄せられ

るのか、

「おう、やってるな。長次郎を思い出した」

一度姿を見せた烏谷は、目を瞬かせてうつむき、二度と厨《くりや》へは入ってこなかった。

「奉行より、話を聞いた」

ひょろりとした長身の沢崎が季蔵に頭を垂《こうべ》れた。

「戻し方の技をよく教えてくれた。そちも初めてだというのに、親身な指導、いたみ入る。恩に着るぞ」

「とんでもございません」

季蔵はすぐに平伏しようとしたが、大篦《おおべら》を手にして、大鍋の塩と松茸を掻《か》き回している真っ最中であった。手さえ止められない。

「いらぬお節介を申し上げたかもしれないと案じておりました。お役に立てて光栄でございます。どうか、頭をお上げください」

季蔵の額と腋《わき》の下から冷や汗がどっと流れ落ちた。

「とにかく、礼を言う。有り難かった。来年も頼む」

沢崎は顔を上げて、

「約束の松茸五十本は選んだのか？」

「はい。塩と干しに仕分けする時、選ばせていただきました」

季蔵がよどみなく答えると、

「塩梅屋さん、自分に都合よく選んでは困りますよ」

　万福堂が入ってきた。細い目が、始終くるくると動いて、季蔵が塩梅屋用に取り分けた籠《かご》の中の松茸と、筵《むしろ》の上に広げた干し用を見比べている。

「初めに申し上げた通り、小ぶりのものを五十本いただきました」

　季蔵は見つめようとしたが、相手の目はまだ籠と筵を行き来している。

「どうせ、一番いいのを褒美代わりにして、その次を塩に、乾きかけているのを干しに回したんでしょう？」

　万福堂の口調は意地悪かった。

「そんなことはございません。選ばせていただく目安は小ぶりなことだけで――」

「そうかねえ」

　籠の松茸を次々に、手に取ってみた万福堂は、

「どれも、しっとりといい具合の肌触りだ」

　とかく、小ぶりなものはかさもつぼみで小さいものであった。

「そこへいくと、あれらは――」

　万福堂は筵の上の大きなかさに顎《あご》をしゃくった。

　軸もかさも大きな松茸ほど乾きやすいのは事実であった。

「それにこれも――」

　季蔵の背後から万福堂は大鍋を覗《のぞ》き込んだ。

「そうやって、塩で煮付けてしまえば、乾いていたか、いなかったかなんてわからないからね」

「無礼を申すな」

突然、たまりかねた沢崎が怒鳴った。

「無礼？　なにをおおせられます。お若いゆえの世迷《よま》い言とは察せられますが、わたしも商人なら、塩梅屋さんも同じ。わたしは商人として、当たり前の駆け引きをしているだけでございます」

万福堂は顔色一つ変えずに開き直った。

「おのれ、ぬけぬけと」

沢崎は眉間《みけん》に青筋を立てて、万福堂を睨《にら》み据えた。

「何がお望みですか？」

季蔵は訊《き》いた。

「褒美に五十本の松茸とは欲深すぎる」

「何本か、万福堂さんへと？」

――これは商いでも駆け引きでもない。因縁をつけての無心だ――

「うちの奉公人たちに、一度は松茸の匂いを嗅《か》がせてやりたいんでね」

万福堂はもっともらしいことを言ったが、

――嘘《うそ》をつけ。どうせ、また、どこぞへ売って、儲《もう》けるつもりだろう――

「お気持ちはわかりますが、それはいたしかねます。なぜなら、松茸五十本の褒美については、御奉行様とここにおられる沢崎様、そして、万福堂さんとの間で決めたことだからでございます。何事も一度、取り決めたことは、命にかけても違《たが》えぬようにというのが、先代の遺した言葉でした。それゆえ、わたしは、この仕事を先代に代わって、引き受けさせていただいているのでございます」

季蔵はさらりと言ってのけた。

万福堂は初めて、不機嫌な表情になった。ようやく、動かなくなったその目は、ただただ恨みがましい。

「あんたのせいで、御奉行様に、干し、塩両方に、戻し方を書いたものを添えるようにと命じられたんですよ」

「もとめる者に親切でよい事だ」

沢崎の言葉など聞こえなかったかのように、

「毎年、塩や干しを買ってる連中は、戻し方なんぞ、わかりきってるはずだから、添え書は不要だと申し上げたんだが駄目だとおっしゃる。今年は豊作なんで、値を安くして、いつもの年なら、口に入れられない連中にも食べさせてやりたいというのが、御奉行様のお考えなんだから」

続けた万福堂は、

「それは御奉行様らしい、温かいお考えと思います」

季蔵の一言に、

「生松茸を高く売りすぎたとお叱《しか》りを受け、今年の干しや塩の松茸の値は、御奉行様がおつけになる。その上、紙を添えろと言われても——。金や手間はまた、こっち持ち、酷すぎる話だ」

突然、怒り出して、投げやりな口調になった。

二

——そうはいっても、御奉行とて、わきまえておられる。干しや塩の松茸に安すぎる値はつけないはずだから、万福堂が損をするわけなどない——

季蔵は相手の欲の深さに呆《あき》れた。

そして、また、

——その点、虎翁の方が、ずっとまだよかったのだ——

虎翁の死後、闇《やみ》の時代が来ると言った烏谷の言葉が思い出された。

——虎翁は自分が欲深であったゆえに、人というものの欲に通じていて、欲に生きる商人たちには、それなりの掟《おきて》が必要だと思い至り、御奉行と結んだのだろう——

一方、

「とにかく」

沢崎は万福堂を見据え、眉《まゆ》と目を醜いほど吊り上げて、

「これは当藩と御奉行が承知したことゆえ、一介の商人が口出しすること相ならぬ」

その場の空気が震えるほどの大声を出した。

この時、季蔵は不思議な光景を見た。万福堂の顔に宿った表情は畏怖《いふ》ではなく、得意の媚《こ》びでもなかった。

何とも得体の知れない困惑が、万福堂の口を半開きにしていた。

──兄弟が示し合わせて、母親に内緒でつまみ食いをし、それが母親にわかって、詰問され、一方がつまみ食いを認めた時、しらを切り通した片方は、ちょうどこんな顔をするものだ。一瞬、どうしてよいものかわからない──

「よいな」

念を押した沢崎の声は急に低くなった。

すると、万福堂は、あっと声をあげかけて、あわてて、

「わかりましてございます」

土間の上に平伏した。

「今後、二度と差し出がましい口だしはいたすでない」

そう言って、背を向けて去ろうとした沢崎に、

「沢崎様」

季蔵は礼を言わねばならないと声をかけた。

沢崎は振り返った。

「お世話をかけて、申しわけございませんでした」

「ああ」

季蔵を見る沢崎の目が和《なご》んだ。

しかし、そこに、

「沢崎様はお若いゆえ、やはり、お若い方同士がよろしいようですね」

万福堂が口を挟んで、にやにやと笑うと、沢崎は怖いものにでも出遭ったかのように身をすくめた。

厨を出て行った沢崎を見送った万福堂は、

「痩《や》せてはいるが、背は高く、なかなか押し出しのいい江戸家老様だ。もっとも、いいのは見栄《みば》えだけだが――。そうは思いませんか?」

探るように季蔵を見た。

「たしかにご立派でございますね」

応えた季蔵は、どうして、まだ、万福堂が笑い続けているのか謎《なぞ》であった。

塩松茸と干し松茸の仕込みは明け方近くまでかかった。

烏谷、沢崎、万福堂の三人は、七ツ頃(午前四時頃)、各々、帰って行った。

仕事を終えた季蔵は、戦利品の松茸を籠いっぱいに抱えると、長屋にではなく、塩梅屋へと向かった。

──まだ、お嬢さんはお寝《やす》みだろう──

二階のおき玖《く》を案じて、音を立てないようにしたつもりだったが、

「季蔵さん？」

ほどなく、階段の軋《きし》む音が聞こえた。

「すみません。起こしてしまいましたね」

「そうじゃないの。何だか、昨夜は気になって、あたし、眠れなくて──」

「出張仕事なら、とっつぁんもよくなさっていたでしょう」

「そりゃあ、そうだけど。夜遅くの仕事となるとそうは多くなかったわ。もっとも、何年かに一度の松茸仕事は、たしかに夜だったたわね。昨日の季蔵さんみたいに、店を終めてからだった。何でも、急ぎ甲州路を運ばれてくる松茸の市は、夜更けて立つんだそうで──。そこにおとっつぁんが出かけて行くのは、品定めをさせられるため。品のいい松茸を大きく買い付けて、幾つもの大瓶がいっぱいになるほど、塩松茸を作らされるんだと聞いたわ」

──とっつぁんの話していたことは、満更《まんざら》、嘘ではなかったが──

「その通りです。はねて干し松茸にする仕分けもありますから、夜通し仕事ですよ。ただそれだけのことです」

「でも、夜遅くの市なんて、なんだか、物騒じゃないの。松茸は高いものだし、きっと泥棒だって紛れ込んでいるわ。いつ何時《なんどき》、どんな目に遭わされるか──」

——泥棒にどうにかされることはないが、藩絡みの文書にさえ遺さない商いとなると、何が起こっても不思議はない——

「それで、松茸仕事の時は、とっつぁんの身を案じておいでだったのですね」

「ええ、まあ、そうだけど」

——今はおとっつぁんじゃない、季蔵さんの身を案じているのだけど——

まさか、口に出すわけにはいかず、

「それにしても、松茸がこんなに沢山」

おき玖は松茸の籠へと手を伸ばした。

「いい匂いねえ」

うっとりと目を閉じた。

「清々《すがすが》しくも芳《かんば》しい」

「今夜から三日間、松茸尽くしです」

「それで、その中身は?」

「一人一本の焼き松茸だけは外さないつもりです」

「わあ、豪勢ねえ」

「とっつぁんからの申し送りですから」

「そうなると、残る松茸は二十本ね。一日に六本ほど。これだけで尽くしができるものかしら?」

「焼き松茸で贅沢《ぜいたく》な使い方をしますので、後は工夫を凝らして、焼き松茸とはまた違った、塩梅屋ならではの松茸料理を作ってみたいと思っています」

「もちろん、季蔵さんに腹案があるんでしょう？」

「松茸飯と松茸鮨《ずし》だけは――」

松茸飯は、まず、石づきを取って洗った松茸を細かく裂いておく。出汁《だし》に味醂《みりん》風味の煎《い》り酒と醬油を加減して入れて煮立たせ、裂いた松茸を加え、さっと煮てざるにあけておく。普通に炊きあげた飯をお櫃《ひつ》に移す時に混ぜ合わす。これに出汁をかける。出汁には、はじめに松茸を煮た汁を漉《こ》し、かけ汁に合わせておくと香りが強く味わいもよい。

一方の松茸鮨は、松茸を握り鮨の大きさに裂いて、松茸飯同様に煮ておく。昆布出汁と酒で炊きあげた飯の合わせ酢には、柚子《ゆず》の搾り汁だけを使い、砂糖や酢は用いない。握った酢飯の上に煮た松茸をのせて供する。

「お土産《みやげ》にもなる松茸鮨の方はいいと思うんだけど」

「松茸飯はいけませんか」

「皆さん、お酒を召し上がっていると、最後のご飯はいらないって、結構、いうんじゃないかしら」

「それはありますね」

「そうなると、出汁のかかった松茸飯は、ご飯がふやけて、松茸ともども駄目になってしまう。勿体《もったい》ないわ」

「たしかに」

「松茸飯ではなく、松茸の炊き込み飯というのはどうかしら？」

香りを楽しむ松茸の炊き込み飯は、松茸を松茸飯ほど細かくは裂かない。酒と醤油、昆布を加えて炊きあげた飯の中に、松茸を入れて蒸らして仕上げる。これは、搾った柚子と絶妙な相性で、松茸の香りをより引きだし、引き立てる。

「これなら、松茸鮨同様、お土産になるわ。家にいるおかみさんや子供たちだって、松茸の匂いぐらい、嗅ぎたいじゃないの。でも、この二つに松茸四本は必要。となると、残るは二本よ」

「一本は汁にするつもりです。豆腐の澄まし汁にさいた松茸を入れると、匂いも味も薄い豆腐に、ほどよく、香りが移るはずです」

「それ、少しの松茸で豪勢な香りが楽しめそうね」

おき玖は頷《うなず》いたものの、

「どれも、素晴らしく香り高いとは思うんだけど――」

「肴《さかな》としては、少々、物足りないかもしれませんね」

「そうそう、それなの」

「焼き松茸は譲れないし、どうしたものかな」

しばらく考えこんでいた季蔵だったが、

「そうだ。思い出した。『万宝料理秘密箱』でした」

膝《ひざ》を打った。

三

『万宝料理秘密箱』は、天明五年（一七八五年）に出された料理書で、〝卵百珍〟とも呼ばれた。

「軸だけの焼き松茸にして、かさは松茸煮込み卵にしたらと――」

松茸煮込み卵とは、軸から切り取った松茸のかさを仰向《あおむ》けにして、炭火でじっくりと焼く。その際、卵を割ってよく溶き、かさの中へ少しずつ、数回にわたって流し入れて固める。

「卵でこくが出て、それなら、間違いなく、喜ばれる肴になるわ。ただし、軸だけの焼き松茸って姿が悪すぎない？」

「そうでした」

季蔵は苦笑した。

「ねえ、どうしても、焼き松茸でなくてはいけないの？」

「とっつぁんに倣《なら》わないと」

「おとっつぁんの言葉、ほんとにその通りだと信じてるのね」

おき玖はとうとう吹き出した。

「違ったのですか？」

「松茸尽くしに焼き松茸は欠かせないって、おとっつぁんが大見得《おおみえ》切ってたのは知ってる。でも、たいていは、ほうろく蒸しだったのよ。そんな時は、おとっつぁん、塩梅屋の焼き松茸はこれでもいいんだって言い張って――」

ほうろく蒸しとは大きく切った松茸に、旬の食材を取り合わせて、素焼きの平たい皿であるほうろくで蒸し上げた料理である。

――とっつぁんがそうだったのなら――

「ここは一つ、とっつぁんを見倣って、焼き松茸をほうろく蒸しに変えましょう」

「ほうろく蒸しなら、御奉行も大変、お好きなはずよ」

――御奉行は、松茸仕事に関わって、とっくに焼き松茸を堪能《たんのう》しておられる。次はほうろく蒸しを喜ばれることだろう――

季蔵は焼き松茸を美味そうにほおばっていた、烏谷のうれしくてならないという顔を思い浮かべた。

――とっつぁんは、一人一本の焼き松茸を出していては、ほかの料理に差し障るということもあるが、なにより、是非とも御奉行に、松茸のほうろく蒸しを食べさせたいと思ったのだろう――

そう決まると、季蔵は気合いを入れて、仕込みを始めた。まずは三吉《さんきち》を連れての買い出しである。

ほうろく蒸しに使われる食材は、松茸のほかに、甘鯛《あまだい》、むき栗、車海老《くるまえび》、銀杏《ぎんなん》といった豪華さで、店を回ってこれらを調達しなければならない。

「足が棒になっちまったが、松茸に負けねえ上物じゃねえと」

まさに三吉の言う通りであった。

妥協のない品を揃えて、店に戻ると、

「ほうろく蒸しはおまえ一人でやってみろ」

「え、おいら、一人でですか」

「そうだ」

「ぜ、全部ですよね」

三吉は不安の混じった笑顔になった。

季蔵は三吉を励ました。

「当たり前じゃないか。しっかりやれよ」

松茸のほうろく蒸しは、食材選びに次いで、下ごしらえが勝負である。

石づきを取って洗い、大きめに切った松茸、あらかじめ蒸しておいた切り身の甘鯛、茹《ゆ》でて塩と砂糖で味を染ませた栗、茹でてから尾を残して皮を剝《む》いた車海老、殻を割って茹で薄皮を剝いた銀杏を用意しなければならない。

ほうろくは底一面に塩を敷いて、松葉を散らし、その上に裂いた松茸、甘鯛、むき栗、車海老、銀杏を彩りよく配し、もう一枚用意したほうろくの皿で蓋をする。

七輪に火を熾《おこ》し、蓋をしたほうろくをのせる。下の火は弱くして、ほうろくの蓋の上に、よく熾きた炭火をのせて、小半刻弱《こはんとき》（約二十分）くらい焼く。

ほうろくの合わせ目から、よい香りがしてきたら、火から外す。ほうろくの蓋を取って、新しい松葉をまわりに散らし、別のほうろくの皿で蓋をする。蓋を替えるのは、松葉と松茸、つまり、清々しい香りへのあくなき追求であった。

この日、塩梅屋の暖簾《のれん》を潜《くぐ》った辰吉《たつきち》、勝二《かつじ》の二人は、店に入ってくるなり、

「やっと松茸尽くしかい？」

言い当てた辰吉に季蔵が頷くと、

「当たりですね」

勝二はにっこり笑い、

「今年は秋まで縁起がいいです」

などと口走った。

「喜平《きへい》さんはみえないのですか？」

気にかかって、季蔵が訊くと、

「ご隠居は、風邪《かぜ》を引いて熱が引かないようです。道であの店の奉公人に聞きました」

勝二は案じる目になった。

「この時季の風邪は、年寄りには応《こた》えるだろう」

一瞬、同情した辰吉だったが、

「しかし、あの美味いもの好きな助平隠居が、こいつを食えねえとは気の毒だ。普段の助

平の罰《ばち》が当たったのさ」

　それ見たことかと、にたりと笑い、

「それでも、尽くしは三、四日は続くはずだから、それまでには、元気になって、ここへ来られるだろう。いや、あの助平のことだ。どんなことをしても、好きな女のところへ行くのと同じで、這《は》ってでも来るに決まってる」

　そう言い切ると、

「酒だ、酒。松茸が肴の酒とくりゃあ、こりゃあ、もう、格別だ」

　二人は、松茸の煮込み卵、ほうろく蒸しを堪能して、松茸鮨と炊き込み飯は、折詰めで持ち帰った。

　驚いたことに、

「ありがとうございました」

　送り出した後、勝二が一人で戻ってきて、

「あと一人分、あの松茸鮨と炊き込みご飯を都合つけてもらえたらと――」

「ごめんなさい、気がつかなかったわ」

　婿養子の勝二は何かと肩身が狭く、時には、家族が目を瞠《みは》る土産を、たくさん持ち帰りたいのだろうとおき玖は早合点した。

「俺の分を喜平のご隠居に回せばいいんだろうけど、親方も女房も、小せえのまで、松茸となると目がないもんだから」

「喜平さんの容態はどうなのですか？」

辰吉に合わせてはしゃいでいた勝二の顔が、今一つ、晴れていないのに、季蔵は気がついていた。

「ここで会えば喧嘩《けんか》ばかりだけれど、辰吉さんはご隠居と仲がいいんです。どっちかが欠けたら、寂しくて仕方がないはずです。だから、なかなか言い出しにくくて――」

勝二は目を伏せた。

「まさか、喜平さん、もう――」

おき玖は言葉を続けられなかった。

「まだ、そこまでは――。でも、気になって、俺、毎日、店まで容態を聞きに行ってるんです。ただ見舞客に会うのも無理なほどの様子で、家の人たちは、当人は年齢も来てることだし、いつ、何があってもおかしくないと――」

「何かできることはないのでしょうか？」

季蔵もたまらない思いであった。

「何でも、食が細くなっているらしくて、医者もそれを案じているんだとか――。それで、もしかして、大好物の松茸なら食えるかもしれないと思ったんです」

「少し、お待ちになってください」

季蔵は松茸鮨と炊き込み飯の折詰めと一緒に、小鍋に移した松茸と豆腐の澄まし汁を、勝二に持たせることにした。

「お荷物になりますが」

――どんなに加減が悪くても、汁なら啜《すす》ることができる――

こうして、今度こそ勝二を送り出すと、

「喜平さんにもしものことがあったら、どうしよう」

おき玖は青い顔をしている。

「大丈夫、よくおなりになります」

「嘘、言わないで」

おき玖は鋭く叫ぶと、

「そんな慰め、止《や》めて」

弱々しく続けた。

「あたし、もう、金輪際、親しい人が、何の前触れもなく、すっと、どこかへいなくなって、二度と会えなくなってしまうのに耐えられない」

――お嬢さんは、とっつぁんが死んだ時のことを思い出してしまったのだろう――

長次郎は離れに行くと言ったきり姿を消し、翌日骸《むくろ》で発見された。ただし、これは烏谷が一枚噛《か》んでいる、長次郎の裏稼業とは一切、関わりがなかった。

――誰も自分で生死は決められない――

季蔵はふと、鷲尾《わしお》影守《かげもり》の奸計《かんけい》に落ちた時、あのまま、主家に止《とど》まっていたら、どうなっていたかと考えた。

——責めを負って切腹。今頃はあの世に居たことだろう——

今更のように町人になったことに後悔はなく、侍とは辛《つら》いものだと思いつつ、

——もとより、喜平さんは侍ではない。万福堂などとは異なる、楽しい欲の持ち主だ。

今一度、美女の寝姿を盗み見て、美味い酒を飲もうという一念で、きっと、ここへ帰ってきてくれるに違いない——

普段、喜平が座る床几《しょうぎ》へと祈りに似たまなざしを注いだ。

四

翌日は北町奉行所定町廻り《じょうまちまわ》同心の田端宗太郎《たばたそうたろう》が岡っ引きの松次《まつじ》を伴って、昼過ぎ、まだ明るいうちに塩梅屋の暖簾を潜った。

とりたてて珍しいことではない。この二人は市中に起きた事件で、朝早くから飛び回って疲れて腹も空《す》いてきた頃合いに、塩梅屋を訪れることが多かった。

それゆえ、幸いにも、今まで、喜平や辰吉などとも顔を合わすこともなく、

「それがまあ、救いね」

この話になるとおき玖は苦笑いをした。

「わしらはどうも、役人は苦手でな」

いつだったか、喜平の言葉に、

「縁があるのは、どんと金を握らせる金持ちだけだろう」

辰吉が調子を合わせ、

「金の無い者が、行方《ゆきがた》知れずや迷子の届けをしても、指一本、動かさないのが、当世の役人だからな」

「只酒《ただざけ》、只食いも憎い」

「許せない」

二人は同情のこもった目で季蔵を見た。

最後に、

「役人と書いて役に立たない人と解く」

勝二が締めたが、

「面白くもない」

「やめだ、やめだ。役人の話は酒が不味《まず》くなってきた」

喜平と辰吉は勝二にまで当たった。

入ってきたとたん、

「松茸だな」

松次は呟《つぶや》いたが、どことなく浮かぬ顔で、ちらちらと田端の方を窺《うかが》っている。

相手に気取《けど》られないようにして、そっと、田端の方を見た季蔵は、

──これは大変だ──

所帯を持って、このところ、青すぎることのなかった田端の顔がすでに青い。

――大酒を飲むとこうはなるが――

しかし、田端の目は酔っていなかった。

――だから、やはり――

田端はたとえ酔っていなくても、怒りが真骨頂に達すると、酔った時のように顔が蒼白《そうはく》になるのである。

――今日は余計なことは言うまい――

おき玖も察した模様で、

「お酒をご用意しました」

愛想は言わずに、手早く、支度した徳利と盃を田端の前に置いた。

松次にも、

「親分の甘酒も今すぐお持ちします」

断ることを忘れなかった。

「今日は甘酒はよしといてくれ」

松次は低い声で応《こた》えた。

――珍しいことだ――

下戸《げこ》の松次のつきあい酒は、甘酒と決まっていたからである。

「本当によろしいのですか」

季蔵が念を押すと、

「いいと言ってるんだから、いいんだよ。余計な詮索《せんさく》はしねえでくれ」

　松次は血走った目を向けてきた。

　松茸尽くしは、松茸と豆腐の澄まし汁で終わったが、この間、二人は一言も言葉を発さなかった。

松次は黙々と食べ続け、田端はひたすら盃を重ねた。

結局、酒だけの田端は松茸尽くしに手を付けず、食べる一方の松次は松茸鮨や炊き込み飯まで胃の腑《ふ》に納めたものの、店を出て行く時の顔は、食べ過ぎが祟《たた》っているのか、田端同様青ざめていた。

「どうしたんでしょうねえ、お二人とも――」

おき玖は田端の妻になってからまだ、日の浅いお美代《みよ》が、さぞかし案じることだろうと気にかかった。元娘岡っ引きのお美代と田端は、身分違いを乗り越えて結ばれた仲である。

「田端の旦那、御新造のお美代さんと何かあったなんてこと、まさか、ないわよね」

不安な面持ちになっているおき玖に、

「ここへ立ち寄るのは、たいてい、仕事帰りですから、その絡みのはずですよ。仕事でむしゃくしゃすることは、誰にだってあるものです」

季蔵が笑顔を向けると、

「よかった」

おき玖は田端が食べ残した松茸尽くしを、重箱に詰め始めた。

「後で田端の旦那のところへお届けしようかと思って――」

「それは止しておいた方がいいです」

「でも、一年に一度の松茸尽くしなのよ。お美代さんや田端様のお母さんは喜んでくださるはず――」

「それはそうですが、田端様のご機嫌は相当悪いように見受けられました。松次親分にまで伝わってしまっていたほどで――。そもそも男は、外の仕事を家に持ち込みたくないものです。ですから、ここはそっとしておくのが無難です」

「なるほど」

おき玖は残念そうに、綺麗《きれい》に詰めた重箱の蓋を閉めた。

それから客の何人かが訪れた後、

「今日はもう、これで終いかしら？」

おき玖は戸口を見つめて、ほっとした表情になった。

「そうだといいですね」

今日の分の松茸尽くしはすでに売り切れている。

するとそこへ、

「兄貴、干しや塩松茸の仕込みは無事、終わったのかい？」

がらっと音を立てて、油障子を開けたのは、季蔵がしばらく顔を見なかった豪助《ごうすけ》であった。

「あの時は助けられた」

「恩人には、松茸尽くしを食わせてもらえるんだろう？」

「あら、ごめんなさい、うっかり、声をかけるの忘れてて」

「日に十膳と決めてるんで、誰にも声は掛けないことにしている。悪く思わないでくれ」

「そりゃあ、仕方ねえが、ところで、今日の十膳に残りはあるのかい？」

「それが――」

季蔵とおき玖は顔を見合わせた。

「何だ、もう、売り切れってかい？」

さすがに豪助はむっとした。

「明日の夕方、早めに来てくれ」

「俺は今日、今、すぐ食いたい」

「これなら、あるけど」

おき玖は重箱へ手を伸ばして、松茸尽くしが一人分、手付かずで残った経緯を話した。

「そりゃあ、聞き捨てなんねえ。やっぱし、面白《おもし》れえ話だったんだな」

きらっと目を光らせて、豪助は重箱の蓋を開けた。

「冷めてはいるけど、松茸の香りはまだいいはずよ」

おき玖が箸《はし》を渡すと、豪助は松茸煮込み卵を摘《つま》んで口に入れ、

「こりゃあ、美味《うめ》え」

ふーっと大きなため息をついた。

そして、この後、

「面白すぎて、話さずにはいられねえ話なんだよ。俺には、普段、威張り散らしてる田端の旦那と松次親分が、とことん、がっくりきちまってる理由《わけ》がわかってる気を持たせた。

「いったい、何だったんだ？」

もちろん、季蔵は知りたくなった。

「まあま、この松茸尽くしのお重が空になってからにしてくんな」

「お酒、いつものぬるめ？」

おき玖も早く、話を聞きたい様子でいる。

「いや、熱いので。その方が松茸が香り立つ」

こうして、豪助は松茸尽くしを堪能してから、やっと、

「これは仲間から聞いた話だがな。今日の朝、早く、竹屋の渡し場の近くの草むらで、並んで伸びてる侍二人を見つけたんだそうだ。舟から見えたんで、気になって、舟を岸に着けてから、見に行ったんだそうだよ」

「たぶん、斬《き》り合ったのだろう」

「まあ、そういうことだな。血の付いた刀も近くに落ちてたってえから」

「それが面白い話か？」

「いや、面白いのはここからだ。仲間の船頭は番屋へ報《しら》せに走った。すぐに田端の旦那と松次親分が駆けつけてきた。三人で骸のある場所へと戻ったところ、どうなったと思う？」

「骸が無くなっていたのか？」

「それなら、仲間の船頭が、朝から酔っぱらってたか、幽霊でも見たんじゃねえかってことになって、こっぴどく叱り飛ばされるだけだ。田端の旦那と松次親分の機嫌は、とことん、悪くなんねえだろう」

「いい加減、勿体ぶらずに話せ」

「侍二人の骸は、二人、いや、仲間の船頭も入れりゃあ、三人か、とにかく、みんなが見てる前で、さーっと持ち逃げされた」

「何の断りもなく、そんなことができるはずはない」

「断りはあったそうだよ。戸板を担いできて持ち逃げした四人は、笠《かさ》を被《かぶ》った坊主ばかりで、その一人に文を見せられると、情けねえことに、田端の旦那はもう、手も足も出ねえでなすがままだったんだとさ」

五

——よほどの力が働いて、骸はどこへともなく片付けられてしまったのだろう。これはたとえ相手が侍でも、市中で起きた事件だ。定町廻り同心や岡っ引きは市中の治安を守るのがお役目。誇り高い田端の旦那や松次親分は、さぞかし、口惜《くや》しくて無念だったろう

――

季蔵は田端と松次のぶつけようのない怒りと苛立《いらだ》ちがよくわかった。

豪助が帰り、店を終わって、銀杏《いちょう》長屋の木戸門が見えてきた時のことである。

「塩梅屋だな」

行く手に托鉢僧《たくはつそう》姿の大男が立ちはだかった。みしっとあたりに響く低い声である。

「何かご用ですか？」

「ご同行願いたい」

腰に刀こそ帯びていないが、丸腰なのは季蔵も同じ事、もとより、力で勝負して勝てる相手ではなかった。

「わかりました」

季蔵は従った。

大股《おおまた》で急ぐ托鉢僧姿の大男は、京橋川、汐留《しおどめ》川を渡った。芝神明《しばしんめい》を過ぎても大男は一言も発さない。

――もしかして、これは、つい何日か前、松茸の仕込みに訪れた、松原藩の菩提《ぼだい》寺恩兼寺へ続く道ではないか？――

季蔵は大男に従って歩き続けた。

いよいよ恩兼寺の山門の前に立った時も、黙ったままでいると、

「あの蔵で烏谷様がお待ちになっておられる。ここまでだ」

そう告げると、相手は寺の本堂へと入って行った。

烏谷の名を聞いた季蔵は、

――わたしへの使いなら清水様《しみず》がおいでになるはず。なぜ、御奉行はよく正体のわからぬ者を使いによこしたのか――

不安になった。

――これは御奉行の名を騙《かた》った罠《わな》かもしれぬ。油断ができない――

季蔵は蔵に近寄った。

鍵《かぎ》はかかっていない。だが、扉を開けるのが躊躇《ためら》われた。

――そうだ、音を立ててみよう――

季蔵は近くにあった石を手にして、蔵の壁をとんとんと俎板《まないた》を包丁で叩く音を真似《まね》て叩いてみた。

すると、

「季蔵だな」

扉が開いて、烏谷の丸顔が覗いた。

「音ですぐわかった。まあ、入れ」

烏谷は季蔵を蔵の中に招き入れた。

「あのような風体《ふうてい》の方にお迎えをいただき、いささか驚きました」

「あの者はここの寺男《てらおとこ》の一人だ。ここの寺男たちは、必要に応じて、托鉢僧に身をやつす」

「何人か、おられるのですね」

――豪助の仲間の船頭が見たという、骸二体を持ち去った托鉢僧とは、この者たちのことではないだろうか。だとすると、田端様へ渡した文の主は松原藩の江戸家老、沢崎幾之進様、そして、死んでいたのは松原藩の家臣二人ということになる――

「佐平次《さへいじ》を迎えにやらなかったのを、不思議に感じてはおらぬか」

烏谷はやや苦い表情になった。

「はい」

「このような時、本来は佐平次が先ほどの大男の役目を果たすべきではある。だが、死んでしまってはそうもいくまい」

「今、何とおっしゃいました？」

季蔵は耳を疑った。

「清水は今朝早く、大川の川原で死んで見つかった」

「お一人でですか？」

――清水様と斬り合った相手が松原藩士の一人というわけか――

「いや。斬り合って死んだように見える。今、ここにいる」

烏谷は蔵の奥へと進んだ。

のべられた布団の上に骸が二体あった。一体は間違いなく、清水佐平次だったが、もう一体の顔を見た季蔵は目を瞠った。

「このお方は――」

「そうだ。松原藩江戸家老沢崎幾之進殿にほかならない。わしは沢崎殿の側近の者に頼まれて、骸が奉行所の手に渡らないようにした」

――手を退《ひ》けと文を書いたのは御奉行だったのだ――

「人の口に戸は立てられない。川原で内与力と江戸家老が果たし合った末、共に命を落としたなどという話が、市中に面白おかしく流れるのは困る。松原藩、奉行所ともども、面《メン》子《ツ》が丸つぶれになってしまう。瓦版《かわらばん》屋が騒ぎたてて、幕府の御重職たちの耳にでも入れば、わしが腹を切らされ、松原藩は取りつぶしになるやもしれぬ。松原藩二万三千石本家のまだ幼い藩主や領民が、路頭に迷うのは忍びないし、わしもまだ、やることが残っている。それで、いざという時の心構えができている、ここの寺男たちに動いてもらった」

「わからないのは、どうして、あのお二人が斬り合いなどなさったかということです」

　季蔵は首をかしげた。

　松茸を仕込む際、二度、二人はこの寺で顔を合わせていたはずだが、季蔵には思い当たるふしはなかった。

「家中《かちゆう》の者から訊き出した話では、二人は道場が一緒だったということだ。あの時、松茸が縁で初めて知り合ったわけではなかった。通っていたのは名門の長原道場。二人とも直《じき》心影流《しんかげ》の手練《てだ》れで、どちらが、師範代になってもおかしくない腕前だったという。つまり、互いに競争相手だった。それゆえ、再会を機に真剣勝負を果たそうとしたのかもしれぬ」

「そうでしょうか」

季蔵は佐平次と沢崎の首の傷を凝視していた。

「斬り合ったのだとしたら、刃先が互いの首を貫いたということになります。それには二人の背丈が近くなければなりません。清水様も小柄ではありませんが、沢崎様は飛び抜けてお背が高い。川原の平地で打ち合って、互いの首を斬り合うのは無理です」

「その傷は、斬り合ったように見せかけるためだったというのか?」

烏谷は大きな目を見開いた。

「ここここに——」

季蔵は各々の首の傷の近くを指差した。

「絞められた痕《あと》が残っています。お二人は絞め殺されたものと思われます。そして、斬り合ったように見せかけようと、首を切られ、川原に捨て置かれたのです。おそらく、川原にはそれほど血は流れていなかったはずです」

「見たという船頭もそう申していたそうだ。船頭は骸が二体、行儀よく並んでいたとも言っていたようだが、たしかに、その斃《たお》れ方は果たし合ったものではないな」

「それとこれが気にかかります」

季蔵は佐平次の右手を取って、赤い色が滲《にじ》んでいる指の先をながめた。

「血ではありません。血は時が過ぎると黒ずむものでしょうから」

聞いていた烏谷の顔色が変わった。

「それはまことか」

「はい」

「間違いではあるまいな」

「ご覧になってください」

季蔵は横にいる烏谷に佐平次の右手を預けた。

「やはり——そうだったか」

烏谷は口惜しさとも怒りともつかない様子で、ぶるぶると身体を震わせた。

「この赤い色が何であるか、わしは知っている」

「何なのでございますか？」

「紅《べに》だ」

「何故《なにゆえ》に御奉行がご存じなのでしょう？」

「わしがそちから、返させたろうかんの根付けを覚えているか？」

「もちろんです」

水晶で作られた寝そべっている牛の文鎮、ろうかん細工のキリギリスやイナゴがのっている小松菜の簪、そして、牛頭を模した根付け、この三種には、いわく因縁があった。

三十年前、一家皆殺しに遭ったやまと屋から盗み出されたものであっただけではなく、功なり名を遂げた盗っ人たちの家にあった文鎮と簪が、ここ最近、またしても、何者かに盗まれたのである。

かざり職の名工銀元吉《しろがねのもときち》の若き日の作である、三種の細工物のうち、二種を盗んで、上方《かみがた》へ売ったのは、元吉の血筋で骨董《こっとう》を商う千住屋《せんじゅや》松五郎《まつごろう》だということになった。

その千住屋も小伝馬町の火事騒動で獄から放たれ、仕置き前に、戻った家の蔵で何者かに責め続けられた挙げ句、命を落としている。

「千住屋が先祖の遺した作品の絵図を悪用して、元吉の贋作《がんさく》を上方へ売っていたのはたしかだろう。だが、あのような酷い殺され方をした以上、三種の細工物は、上方のお大尽のところには無いとわしは睨んだ。それで、部屋の文箱の中にあの根付けをしまってあると佐平次に告げた。そして、根付けの紐《ひも》に紅を塗りつけておいた」

——何と、御奉行は初めから、清水様を疑っておいでだったのだ——

季蔵は烏谷の眼力に感服した。

——相も変わらず、怖いほど鋭いお方だ——

六

「しかし、疑って油断させ、墓穴を掘らせるために内与力にしたのではないぞ。佐平次は出来損ないの兄と違って、見どころのある奴だった。おかしいと思い始めたのは、小伝馬町の牢《ろう》で火事騒動が起きた時からだ。この夜、役所が退けた後、佐平次は千住屋松五郎に会いに小伝馬町へ出かけている。すでに事件は佐平次の手から離れてしまったはずで、話を訊く必要などありはしなかった。小火《ぼや》が出たのはこのすぐ後のことだ。気になってならず、念のため、文鎮があった庄内屋《しょうないや》に足を向けてみた。簪のあった松島屋《まつしまや》なら、文鎮の窃盗を受けての調べで、佐平次が出入りしていてもおかしくはない。だが、先に文鎮の方の庄内屋を訪ねていたとなると――」

そこで烏谷は季蔵の相づちを促した。

「庄内屋の文鎮は、売ってくれと粘った千住屋が贋物《にせもの》とすり替えたという話になっています。清水様はいつ、お訪ねになっていたのでしょう？」

「幸いにも、文鎮の入った箱を片付けた女中の居所を突き止めて話が訊けた」

「女中は盗みと関わっていなかったのですね」

「その女中は、千住屋が帰った後、客を装って店に来ていた佐平次に、お役目だがこれはまだ、誰にも言ってはならぬことだと言い含められて、隠居所のある離れへ案内させられたそうだ。離れの箪笥《たんす》の中には文鎮の箱があった。そして、本物の寝姿牛の文鎮を見たのは、千住屋が最後ではなかった。女中はまさか、内与力を名乗っている佐平次が、盗っ人だったとはゆめゆめ思わなかったようだ。それで、調べの時も、佐平次のことも、隠居所へ佐平次を案内したことにも触れなかったのだ」

「御奉行のことです。簪のあった松島屋にもいらしたのでしょう？」

「もちろんだ。佐平次は松島屋へは徳兵衛《とくべえ》の葬儀の後、訪れていた。わしの命《めい》で遺品の目録を作るように言われたと話し、長く、遺品のあった蔵に籠《こ》もっていたと聞いた。簪はこの時、持ち出したものと思われる。庄内屋で文鎮が盗まれた後、わしは佐平次に松島屋にあるはずの簪の方がどうなっているか、探してくるように申し付けた。すでに簪を我が物としていた佐平次は、この時、松島屋から戻ると、無くなってしまっているのは、盗まれたからに違いないと言い切り、わしはまんまと嘘をつかれた」

烏谷は口惜しそうに唇を噛んだ。

「一生の不覚だ」

「それで、清水様を試そうとなさったのですね」

「そうであってほしくないと念じつつ、お涼《りょう》の紅を借りて、紐に塗りつけた」

また、唇を噛んで前歯を見せた烏谷は悲しそうでもあった。

「正直、わしにはわからない。あの生真面目すぎる佐平次が、役目をかさに着て、盗みを働いていたなど、とても信じられることではない」

「わたしも同じ想いです」

「しかし、小伝馬町で火事騒ぎを起こし、三種の細工物を盗んだのは、紛れもなくあやつなのだ」

烏谷はため息をついた。

「盗んだ三種の細工物はどこにあるのでしょう」

季蔵は佐平次の袖や懐の中を探ってみた。財布や手巾《しゅきん》、小さな筆の付いた綴《つづ》りなどが出てきた。しかし、

「盗んで間もないはずの根付けはありません」

ふと、沢崎の骸へ目を転じた季蔵は、

「念のため、そちらもお探しいただけませんか。卑しくも松原藩石本家の江戸家老様の骸に、わたし風情が触れるのは、あまりに恐れ多いゆえに――、どうか、お父上様とお親しかった御奉行のお手で――」

「わかった」

頷いた烏谷は沢崎の骸を佐平次同様に調べて、袖や懐の中の持ち物を並べていった。

「守り袋ではあるが――」

一瞬、烏谷は躊躇ったが、紐を引いて中身を取りだした。

出てきたのは紙で、

〝不滅愛〟

達筆であった。

「沢崎様に奥方様は？」

「あの年齢だ。もちろん、とっくに、妻帯している。ただし、まだ子は無く、亡き父親は〝跡継ぎの顔が早く見たい〟と無念を残して死んだ」

「ならば、奥方様の他にお好きな女がおいでだったのですね」

季蔵は何ともやりきれない気持ちであった。

――これでまた、一人、悲しむ人の数が増える――

「ともかく、これは誰にも見せぬ方がよかろう」

烏谷は〝不滅愛〟と書かれた紙を、折り畳んで守り袋に戻して、羽織の袖にしまった。

「それで無くなった三種は、どこにあるというのだ？」

うーんと唸《うな》って腕組みをした烏谷に、

「清水様たちを殺してまで、奪おうとした相手のところだと、おわかりになっているはずです」

「しかし、皆目、見当がつかないのでは、何もわからないのと同じだ」

不機嫌な烏谷の声に、それはその通りだと季蔵は思った。

この夜は骸となった二人の無残な姿が、目に焼き付いて離れず、季蔵は一睡もできなかった。

――こんな時は早く、店に出よう――

まだ、暗いうちに木原店《きはらだな》へと向かった。

おき玖は起きて、飯炊きをしている。

「早いですね」

「季蔵さんこそ」

おき玖は季蔵の目を覗いた。

「あたし、あんまし、よく眠れなくて。季蔵さんも？」

「いや――」

そんなことはないと言おうとしたが、

「赤いわ」

「離れの料理本を持ち帰ったせいで、つい、夢中になってしまいました。馬鹿をしました」

「よかった」

　この朝、おき玖は初めて微笑《ほほえ》んだ。

「あたし、喜平さんのこと、悪い方にばかり、考えてしまって、それで、眠れなかったの。季蔵さんが早いのも、目が赤いのも、喜平さんに、もしものことがあったせいじゃないかって、つい、あらぬ想像をしてしまって。喜平さんが季蔵さんの料理の腕に、ぞっこん惚《ほ》れ込んでることは、辰吉さんも勝二さんも承知してるから、何かあったら、あたしより、季蔵さんに先に報せが行くかもしれないでしょ」

「人の生死に関わるのは辛いものです」

　ぽつりとそう呟いた季蔵は、

――せめて、喜平さんだけは死なずにいてほしい――

　触れた清水佐平次の骸の冷たさをやりきれなく思い出した。

「喜平さんは大丈夫です。きっとよくなります」

　おき玖は、そう言い切った季蔵をまじまじと見て、

「季蔵さん、喜平さんが治るって、本当に信じてるのね」

「もちろんです」

「でも、昨夜は違ったでしょう？」

「いきなり、勝二さんに重篤だと聞かされて――」

「どうして、信じられたの？」

「遅くまで料理本を読んでいて――」

季蔵は昨夜ではない、本を読んで夜を明かした日のことを思い出して、

「本の中から、わたしが作って、お客様に食べていただきたい料理が、次々に飛び出てくるのです。それで夢中になって、止められなくなってしまうのですが――。喜平さんはあの通りの食いしん坊でしょう？　ですから、美味しい料理をまだまだ食べたいはずです。そんな喜平さんが、今、ここで、あっけなく、逝ってしまうはずなんてないと思えてきたのです」

「なるほどね」

相づちを打ったおき玖の声が明るかった。

二人が目刺しと豆腐の味噌汁という朝餉《あさげ》を終えたところに、

「邪魔をする」

昨夜、恩兼寺で別れたばかりの烏谷が油障子を開けた。

「これは御奉行様」

これは大変と、おき玖はすぐに茶の支度を始めた。

「昨夜は眠れなんだ」

烏谷の目も赤い。

「役宅で片付け仕事が多くてな、お涼のところへ立ち寄る暇もなかった」

几帳面にお涼の世話が行き届いているせいで、烏谷は羽織袴《はかま》にぴしりと糊《のり》を利かせているのが常だったが、今朝はその羽織袴もよれよれにくたびれていた。

気のせいか、丸い顔も窶《やつ》れて長くなったように見える。

――このご様子では、きっと、あれから、また、何かあったのだろう――

「朝餉がまだでございましょう？」

季蔵は訊くと、

「それゆえここへ来た。飯を食わねば戦はできぬ」

烏谷は大きくあくびをすると、

「飯が出来るまで、少し休ませてもらう」

小上がりで、ごろりと横になると、すぐに高いびきをかき始め、

「松茸が食いたい、松茸」

とうとう寝言も出た。

七

うとうとと気持ちよくまどろんだ烏谷は、むくっと起き上がり、

握った拳《こぶし》でぽかりと一つ、自分の頭を叩くと、

「飯はまだか？」

松茸尽くしに取りかかっている季蔵を急《せ》かした。

「今から松茸を召し上がっていただこうと、目が覚められたら、離れへご案内するつもりでした」

「そんな暇はない」

烏谷は憮然《ぶぜん》とした。

「しかし、松茸は食いたい」

「尽くしはさしあげるのも、召し上がるのも時がかかります」

「時はない。だが、食いたい」

「炊き込み飯なら昨夜の残りがございます」

おき玖が口を挟んだ。

「それでよい」

烏谷は座ろうとはせず、

「それを重箱いっぱいに詰めてくれ」

「わかりました」

応えた季蔵は炊き込み飯を重箱に詰めた。

「いかん」

この日の夜半、またしても、烏谷から文が届いた。八丁堀の清水佐平次の役宅へ出向くようにと書かれている。

――おそらく、清水様の通夜だろうが――

もとより、烏谷と季蔵、佐平次の間柄は公《おおやけ》にすべきものではなかった。

――改まって、わたしが座る席はないように思えるが――

気がかりなのは、佐平次の母繁乃《しげの》のことであった。

――どれほど、お気を落としておられることか――

季蔵は清水家の木戸門に立った。通夜提灯《ぢょうちん》は下げられておらず、弔問に訪れる客たちの姿もなかった。

――どうしたというのか――

門を入った季蔵は、玄関へ向かう。家の中は灯《あか》りが点《つ》いている。

「夜分にお邪魔いたします」

「おう、来たな」

烏谷が戸を開けた。

「ちょうど今、松茸の炊き込み飯を食い終わったところだった。今日は一日、忙しすぎて食えず終《じま》いであった」

季蔵は戸惑った目で烏谷を見た。

「なにゆえ、また、わしが、恩兼寺の蔵の時のように、そちを出迎えたのかと不審であろう」

「はい」

「ここは、すでに空家だ」

――まさか――

季蔵は無言で烏谷の顔を凝視した。

「清水佐平次の訃報をわしは、急な病ゆえと母御に伝えた。今朝、そちのところへ立ち寄ったのは、それを伝えたすぐ後のことだったのだ。お役目中、急な病で死んだのだから、清水家の跡目は、縁者に継がせるがよいだろうと話した。それが何よりのことだとわしは考えた。母御は気丈に頷いて、〝お願いします。そうしていただければ、清水家の菩提を弔う者が出来て、あの世で先祖に顔向けできます〟と言い、わしに頭を垂れた。松原藩石本家の江戸家老ともども、佐平次が死んだ理由を急な病にするためには、それなりの根回しがいる。何しろ、船頭や田端たちが、この二人の骸を見ているのだからな。ここはよくよく、うがった後始末をしなければならぬ。何人かの上の方々に、お目通りしなければ事はすまない。午後はそれで時が過ぎた。やれやれ、これで何とか、母御の本意にも添うことができると、肩の荷を下ろしたところへ、母御が自害して果てたという報せが入った。すでに佐平次の骸は、恩兼寺から清水家の菩提寺に移してあった。しかし、まさか、同じところへ、母御の骸まで運ぶとは思わなんだ。これが母御がわしに宛《あ》てた最期の言葉だ」

烏谷は手にしていた文を季蔵に渡した。

それには以下のようにあった。

御奉行様

佐平次の後を追う勝手をどうか、お許しください。前は「病死」と言い張りましたが嫡男だった真一郎《しんいちろう》を我が手にかけた時から、天罰が下ることを恐れておりました。それゆえ佐平次の命は消えたのだと思います。急な病死というのは、きっと、お優しい御奉行様の方便にすぎず、わたしへの天罰だといたしましたら、わが息子は世にも恐ろしい死に方をしたに相違ありません。何もかも、この愚かな母の想いのなせるものです。この場に到《いた》って、わたしが生きていていいわけもありません。わたしは死を以《もっ》て、手にかけた真一郎に、そして、わたしの子であったがために、死ぬ羽目になった佐平次に詫《わ》びたいと思います。

最後にまた勝手を申します。

祖先のため、先行くわたしどものため、清水家の菩提を弔ってくれる子孫がいてほしい、清水家を絶やさずにおきたいというのは本心でございます。

そのために、ご尽力いただく御奉行様には、感謝の念をどれだけ捧《ささ》げても足りることはございません。

どうか、よろしくお願いいたします。

繁乃

「わしも気が動転していたのだろう。清水家の存続は念頭に置いたが、家の安泰のためにわが子を手にかけた、母御の深い自責の念にまでは思いが及ばなかった。気がついていれば、早まったことをせぬよう諭したものを――」

目に涙を浮かべた烏谷は、がっくりと肩を落とした。

季蔵は無言で文に見入った。流れるような達筆が啜り泣いているように見える。

――この先、生きていて、繁乃様が救われる道があったとは思えないが――

季蔵の心の中を、冷え冷えとした秋風がすーっと吹いて通りすぎた。

――自分で決めた死であっても、やはり、人の死は悲しすぎる――

「ところで――」

烏谷は袖で目の涙を拭《ふ》き取ると、口を真一文字に結んだ。

「清水が殺されたのは母御のせいではなく、どこかに潜んでいる悪党の仕業だ。何としても、そやつを捕らえねばならぬ。それが、せめても、わしたちにできる冥途《めいど》への手向《たむ》けだ」

「おっしゃる通りです」

――ここに、清水様が盗んだ三種が隠してあることは、よもや、あるまいが、何か、証《あかし》を残しているかもしれない――

この後、烏谷と季蔵の二人は　家の中をくまなく調べ尽くした。

二つ目の部屋の押し入れを開けた烏谷は、

「これを見よ」

びっしりと、また、堆《うずたか》く積まれた折り箱に目を瞠った。

箱は二種類で片方は菜の花の透かし模様、もう一方は藤の花の絵柄である。

「万福堂の栗最中《もなか》と小豆《あずき》最中の箱ですね」

最中の箱の蓋の取り違いから、二人は繁乃が放蕩《ほうとう》息子の嫡男を手にかけたと見破っていた。

「空き箱のようだ」

烏谷は蓋を開けた。中身は入っていない。

「それにしても多い。よほど、嫡男の真一郎は最中が好きだったのだろう」

「多少、日持ちがするものとはいえ、一年前からのものが残っているとは思えません」

烏谷に倣って箱を手に取ってみていた季蔵は、重みを感じた黄色い箱の蓋を取った。中には栗最中が詰められている。

「わしたちが土産に進じたものではないのか」

「あの栗最中なら、皆で分けて食べましたので、あのまま、残っていたとしても、これほどの数はないはずです」

「この家では、常に万福堂の最中を絶やさずにいた？　何とも、豪勢なことだ」

「御奉行と二人で、ここへお邪魔させていただいた時のことを思い出しました。清水様は、御奉行のために、わざわざ、極上の宇治茶をもとめたと話されていました。そのようなつましい暮らしぶりで、贅沢品の最中を、日々、絶やさずにいることができるとは、とても思えません。その上、幾ら箱の絵柄が評判でも、これほどの数を集めたいとは思うでしょうか？」

「ということは、進呈品だったたというのだな」

「そうとしか考えられません。清水様のお母上様は、同じ絵柄のものばかりとはいえ、捨てては勿体ないと思う一念で、ここへ積んで取っておかれたのでしょう」

「贈り続けた相手は想像がつく」

「自分のところの品を贈りつけることで、清水様を懐柔しようとしたのでしょう」

「思い起こすだけで、あの細い目やにやに笑いまでもが忌々《いまいま》しい」

しかし、二人は万福堂紋左衛門《もんざえもん》の名をまだ、口に出せずにいた。

――何より、あの万福堂が武勇の誉《ほま》れ高いお二人の首を絞めて、殺すことができるとは考えられないし――

「確たる証がない」

烏谷は呻《うめ》くように呟いた。

「ならば、急ぎ見つけましょう」

季蔵は佐平次の部屋の障子を開けた。

八

部屋の中は几帳面な佐平次らしく、きちんと片付けられていた。武士たるもの、いつ、どこで果てるかもわからず、その際に、誰に見られても恥ずかしくないよう、常に身の回りの整理整頓は怠ってはならぬという、厳しい心構えそのもののように思える。

――わたしも両親《ふたおや》からそのように躾《しつ》けられた。しかし、清水様はこんなにも早く、人に見られる日が来るとは思ってはいなかったろう――

季蔵は文机の引きだしの取っ手を引いた。紙や墨や筆の替えが整然と並んでいる。奥まで引き出したところで、紫羽《は》二重《ぶたえ》の守り袋を見つけた。

取りだした季蔵は、守り袋の中を改めた。

出てきた紙片には、

〝不滅愛〟

と書かれている。

「それはこれと同じではないか」

烏谷が袖から沢崎の守り袋を摑《つか》み出した。中の紙を出して見比べた。

筆使いは異なるが、ここにも、

〝不滅愛〟

とある。

「これは――」

季蔵と烏谷は顔を見合わせた。

「沢崎様が清水様と一緒に殺された理由がやっとわかりました。偶然、居合わせていたのではなかったのです」

「まあ、考えてみれば、いくら道場仲間とはいえ、それは昔のこと。藩の江戸家老と内与力とでは身分が違いすぎる。普通は今更、旧交を温めることなどない」

季蔵は二人の守り袋を交互にながめた。

——清水様の紫羽二重、沢崎様の方は錦紗《きんしゃ》。お二人の本音は、守り袋も同じにしたかったはずだ——

「松原藩の江戸詰めがあれほどあわてて、わしに泣きついてきたのも、これで頷ける。でも、まあ、始末をつけてやってよかった。相手にせなんだら、御家のためにと、骸を見た船頭や田端たちに、厄《わざわい》が及んでいても不思議はなかった。一国の中には、常に権力争いがひしめいている。江戸家老ともあろう者が陰間《かげま》だったことが、敵対する勢力に知れれば、沢崎派は失脚する」

陰間とは男の同性愛者のことであった。

——人の死を悼《いた》む前に、自分たちの守りに走る。相変わらず、武家とは非情なものだ——

季蔵は命を落とした二人が哀れに思えた。

——清水様には、心から悼んで後を追ったお母上様がおられたが、沢崎様が陰間なれば、奥方様は形だけのもの。沢崎様には誰一人、悲しむ人はおられないのではないか？——

佐平次はもとより、沢崎の分まで仇《あだ》を討ってやりたいと季蔵は思った。

そんな季蔵の想いを見透かしたかのように、

「葭町《よしちょう》に陰間茶屋の夕顔屋《ゆうがおや》がある。夕顔屋の主新左衛門《しんざえもん》は、市中の陰間茶屋を束ねている。惚《とぼ》けるのが上手《うま》い狸だが、わしの命には決して逆らわない。陰間茶屋など、御重臣方は、あるはずのないもの、あってはならぬものと見なしておられるゆえ、風紀紊乱《びんらん》の咎《とが》で、潰《つぶ》して無くしてしまうことができる。明日、早くに、清水佐平次と沢崎幾之進殿の特徴を記した文を夕顔屋新左衛門に出す。二人が上がった茶屋を突き止めてきてほしい」

「わかりました」

躊躇うことなく承知した季蔵だったが、

――陰間茶屋など前を通ったこともない。役目が務まるものだろうか――

一抹の不安を抱いた。

翌朝、早くに仕込みを終えた季蔵は、

「銀杏が足りないので拾ってきます」

前掛けを外した。

松茸尽くしは昨日までで、運悪く、この三日間に、店を訪れることのできなかった客たちのために、今日は、松茸抜きのほうろく焼きを仕込んでいたのである。

何も知らない三吉に、

「銀杏なら、そこそこの量あるよ。銀杏拾いなら、おいらが行っても――」

「松茸が欠ける分、せめて、銀杏を増やしたい。それと銀杏拾いは三吉より年季が入っている」

季蔵はひやりとした。

夕顔茶屋の主新左衛門は年齢は四十半ば、つるりとした面長で、役者の女形《おやま》のような優《やさ》男《おとこ》である。

化粧こそしていないが、しているように見えるほど色が白く、笑うと目尻に縮緬皺《ちりめんじわ》が寄って、媚びを含んだ表情は年増《としま》女そのものに見えた。町人髷《まげ》は男の結い方だが、縞木綿《しまもめん》の着流しの上に、急いで、ふわりと羽織って見せたのは、女物の薄紫色の羽織であった。

挨拶《あいさつ》もそこそこに、

「このところ、朝夕、めっきり冷え込むようになったもんだから」

潤みかけた目で季蔵をじっと見つめた。

「どう？　お茶代わりにお酒で温まるっていうのは？」

太い男の声ではあったが、言葉使いは女のものであった。

「今はまだ昼過ぎです」

季蔵は新左衛門の熱いまなざしから顔を逸らした。

「御奉行からのご用でまいりました」

「そうでしたね」

新左衛門は多少、言葉を改めた。

「あたしはあの人が怖くてね。だから、ちゃーんと調べてありますよ」

「それは有り難い。お話しください」

「あたしの舌はねえ、いい男を目の前にすると、どきどきしてなまっちまうんですよ。今がそれ。どうか、一杯、つきあってくださいまし」

新左衛門は婀娜《あだ》っぽくしなを作った。

「それでは一杯だけ——」

「まあ、うれしい」

ぱんぱんと新左衛門の大きな手が叩かれると、ほどなく、塗りの酒器と盃が運ばれてきた。

季蔵は相手に注《さ》した後、自分に注《つ》がれた一杯を飲み干すと、

「お願いします」

「もう、一杯——」

「一杯のお約束です」

「そういわず——」

仕方なく、二杯目を飲んだ季蔵は、

「よい趣味ですね」

ふと目に入った輪島の酒器を褒めた。

「酒器もこのような酒の飲み方も、典雅そのものです。感心しました。それに酒は新酒で

すね。もう、今年の新酒を召し上がっておられる」

上方から船で大がかりに運ばれる新酒が出回るのは、毎年、もう少し先のことで、それ以前に味わうことができるのは、かなり限られた人たちであった。

「へーえ」

新左衛門はまじまじと季蔵をまた、見て、

「これでもあたしは食べ物や酒にうるさい方なんだ。わかったよ、あんた、ただ、いい男だっていうだけじゃないんだね」

「料理人です」

思わず、正直に応えてしまった季蔵に、

「あんたの作った料理、食べてみたいけど、御奉行のお使いじゃ、どうせ、名前は明かしてくれないんだろうし」

新左衛門は太く息をつくと、

「年代物の輪島や新酒を見抜くとは、たいしたもんだ。よし、わかった。ここは色気抜きで話してやろう。御奉行からお訊《たず》ねのあった二人は、昼月屋《ひるづきや》の客に間違いなかった。昼月屋じゃ、背の高い方の侍の印籠《いんろう》をちらっと見た者がいてね、御奉行が心当たりはないかと文に書いてきたのと同じだった」

「それではわたしはこれから昼月屋へ」

季蔵が立ちあがりかかろうとすると、

「まあ、あわてなさんな。御奉行の頼みだからね、あたしが昼月屋へ行って聞いてきたよ。あの二人について、変わったことといえば、いつも、たいそう、思い詰めた様子で、化粧や女の形《なり》をして、琴や三味線を弾いたり、酒を飲んで踊ったりの馬鹿騒ぎはしなかった。陰間茶屋は楽しむところだから、そういう陰気は陰間には滅多にいないものさ。ひっそりと部屋に入って、情を交わして出て行くだけの陰間なんて、面白くもないよ」

「他には変わったことは？」

「その二人が上がる日は、必ずと言ってもいいほど、長谷川町の玄太《げんた》が店の前をうろついていたそうだ」

――長谷川町といえば、万福堂のあるところだ――

「玄太と名が知れているからには、ご存じの人がいたのでしょう？」

「何しろ大男だから目立つのさ。親が早くに死んで、引き取ってくれる親戚もなく、臨時の手伝いで糊口《ここう》を凌《しの》いできた荒くれさ。うろうろ流れて、どこへでも現れる。昼月屋でも、玄太を追い払いたかったんだろうけど――。うちだって、玄太が相手なら二の足を踏むよ。力自慢で大きいわりに動きが早いのはいいけれど、怒りっぽいと来てる。怒らせると何をするかわからない。酒は一滴も飲まないのにやたら怒る。玄太が紀州犬の首を締めて殺すのを見たという噂もあるしさ」

――これで、武勇に秀《ひい》でていたお二人が、首を絞められて殺された理由がわかった。松原藩がいざという時、恩兼寺の寺男たちを重宝に使っていたように、万福堂にも手足となって動く者がいたのだ――

「玄太の住んでいるところはわかりますか」

「念のため調べておいたけど、行かない方がいいと思うね。あたしはどんなにいい男でも、死に顔は好きになれないんだよ。人は皆、生きていてこその華さ」

「ご忠告はありがたいのですが、わたしはまいります」

季蔵は玄太の住処《すみか》へと向かった。

九

玄太の家は一軒家であった。庭の手入れなど一切されていない。枯れた草や葉が折り重なっている間を歩いて、季蔵は戸口の前に立った。

気配を窺った。

――大男が、起きていれば、何らかの音をたてるだろうし、昼寝でもしていたとしたら、寝息が洩《も》れてくるはずだ――

季蔵は玄太が留守であってほしいと願っている。見つけたいのは、玄太が二人の殺しに関わっている証であった。

――証さえあれば玄太をお縄にできる。そして、万福堂の悪事を白状させられる――

玄太が家に居て見つかってしまえば、佐平次や沢崎のように首を絞められて殺されかねない。

――その時は逃げるしかない――

季蔵は足には自信があった。

季蔵は引き戸に手をかけた。隙間《すきま》から耳を澄ました。何も聞こえない。

ただし、異臭が洩れてきている。

――これは吐いたものの臭《にお》いだ――

玄太が二日酔いで、吐いているのだとしたら、げえげえと吐く声がしていてもおかしくなかった。ところが、何も聞こえてこない。

――相手は弱っているのかもしれない――

好都合だと思い、季蔵は引き戸を引いて中へと入った。

奥の座敷に足を踏み入れたとたん、季蔵はあっと大きく叫んでいた。

玄太が口から血を流して死んでいた。吐いたものが衿《えり》や袖にこびりついている。明らかな毒死であった。

――口封じか、見事、やられた――

万福堂の笑み崩れる顔が浮かんできて、口惜しさがこみあげてくる。

季蔵はそばにあった空の箱を見た。万福堂の栗最中の黄色い箱である。五箱とも空であった。

――下戸の玄太は酒の代わりに菓子に目がなく、そこを万福堂につけこまれたのだろう。

最後は菓子好きで身を滅ぼした――

玄太の右手が何かを握っている。開かせて取り出すと、それは絵図であった。

――千住屋も絵図を握って息絶えていた――

季蔵は烏谷が渡せと言わないので、そのまま、財布に入れておいた千住屋が遺した絵図を出してみた。

千住屋の握っていた絵図は、翠玉白菜《すいぎょくはくさい》を模した簪である。玄太の方は寝姿牛の文鎮と牛頭の根付けであった。二枚の絵図は千切れた場所を合わせると一枚になった。

もしやと思い、くまなく、調べてはみたが、三種そのものは影も形もなかった。

玄太の骸を見つけた季蔵は、この夜、呼び出した烏谷を離れに迎えていた。

「松茸がなくとも、秋のほうろく蒸しは格別だ」

ほうろく蒸しを喜んだ烏谷は、三人前ほど平らげたところで、人心地ついたのか、

「わしを呼び立てるからには、それなりの収穫ありと見た」

話を促した。

夕顔屋新左衛門からの話で、玄太に行き着いたものの、万福堂に先手を打たれたとわかると、

「またしても、手掛かりはなくなったな」

烏谷は吐き捨てるように言って、憤懣《ふんまん》をぶつけてきた。

「そうでもないことに気がついたのです」

季蔵は静かな口調で先を続けた。

「玄太が例の絵図の残りを握って果てていたことで、これは三種細工絡みのものだと、はっきり、わかりました。清水様は沢崎様との陰間茶屋の密会のことで、万福堂から言うことを聞かなければ、公にすると脅されて、仕方なく、盗みを働いていたのです。やや強引に千住屋を捕えたのも自分の盗みを隠すためだったのです。それで三種が揃ったところで、口封じのため、斬り合いを装わされて殺されたのです。とはいえ、清水様は三種を揃えることに、どのような意味があるのかまでは、まるで、ご存じなかったと思います。ご自分と〝不滅愛〟の相手である沢崎様を何とか守り通そうとなさっただけなのです」

「なにゆえ、万福堂は沢崎殿まで巻き添えにしようとしたのだろう」

「わたしも二人のやりとりを聞いたことがありますが、強欲な万福堂と清廉な沢崎様とは元々、反りが合わなかったのだと思います。万福堂にとって、沢崎様は、決して、有利な商いが出来ない相手、つまりは邪魔な江戸家老だったのでしょう。このことに加えて、清水様と斬り合ったことにしてしまえば、沢崎様が陰間だったたと薄々、感づいていた周囲の家臣たちが、西奔東走してひた隠す、つまり、都合よく、すべてを闇から闇に葬れると考えて仕組んだのです」

「おのれ、憎き奴」

烏谷はきりきりと歯嚙みした。

「手掛かりはこれです」

季蔵は貼《は》り合わせた絵図を烏谷の目の前に置いた。

「ここに何があるというのだ？」

「翠玉小松菜」

季蔵は簪を指差した。

「これは翠玉白菜を模したもののはずです。白菜は清国のものゆえ、馴染みが薄いので、小松菜に変えて細工した、当初、わたしはそう考えました。また、この仕事を受けた名工元吉は、そのように説明されて注文を受けたのだと思います。ですが、それは依頼主の真意ではなかったのです」

「何が真意だというのだ？」

「地名をあらわしているのです」

「小松川か」

小松菜の有名な産地は亀戸《かめいど》の先にある小松川であった。

「文鎮の牛の寝姿はこれに似た大きな岩とか家のことで、根付けの牛頭は、鬼瓦かも……あるいはお祀《まつ》りしてあるのかもしれません。小松川にそのような場所がきっとあるのです」

「元吉の作った三種は、たしかに高価なものだが、何人もを殺《あや》めて、手に入れたいほどの代物ではない。とすると、細工の依頼主は大昔の盗賊一味だ。そして、万福堂が狙《ねら》っているのは、途方もない財宝なのだろう」

「そうとしか考えられません」

「そして、それは小松川にあると言うのだな。牛の寝姿の大岩か家と牛頭——」

「どうか、お調べくださいますよう」

——そこへ必ず、万福堂も行き着くはずだ——

何としても、二人の無念を晴らしたい季蔵は、深々と頭を下げた。

烏谷の調べがついた翌翌朝、季蔵は烏谷と共に小松川葛根村の牛頭神社へと急いだ。

「何でも、神主のいない捨て置かれた神社ながら、取り壊せば、岩になって寝ているお牛様の祟りがあって、作物がよく実らなくなると言われていて、古い祠《ほこら》に牛頭が祀られ続けてきていると聞いた」

牛頭神社は玄太の庭にも増して、荒れ果てていた。

奥まった場所にある祠は、大きな寝姿牛の岩がそびえていなければ、見つけにくいほど苔生《こけむ》している。

先に立って歩く季蔵は、背の高い枯れ草が薙《な》ぎ倒されていることに気がついた。

「先に来ている者がいます」

二人は前後左右に気を配り、枯れ草を踏みつけないよう、慎重に歩を進め、祠の前に立つと、そっと扉に手をかけた。

観音開きの扉はぎぎぎぃーという音をたててゆっくりと開いた。中はというと、壁の羽目板は黴《かび》と染みでおおわれ、隙間からは陽が差し込んでいる。床には、ところどころ腐って、ぽかりぽかりと空いた黒い穴を避《よ》けて進んだ草鞋《わらじ》と草履の跡が埃《ほこり》の上に、いくつも見える。

その先に牛頭を模した煤《すす》けた木彫りが床に転がっている。祭壇だったと思われる辺りの壁が畳一畳ほどの広さ分、壊され、鉄でできた扉が目に入った。二人は草鞋と草履の跡に沿って、扉に近づいた。

「鍵穴の形が――」

季蔵は、玄太の持っていた絵図を懐から取り出した。鍵穴の形はまさに、根付けに細工されていた牛頭そのものであった。

――寸法もぴったり合いそうだ。それにしても、ろうかん細工が鍵になっていたとは――

季蔵はその扉を引いた。

「鍵はかかっていないようです」

「祠の下に隠し部屋があったとはな」

漆黒の闇が扉の向こうに広がっている。こんなことがあるかもしれないと、用意してきた蠟燭《ろうそく》に季蔵は火を点した。

二人は今にも段が外れそうな梯子《はしご》を下りた。まずは季蔵が、次に烏谷が一段一段ゆっくりと下りた。

梯子の先一間《けん》（約一・八メートル）ほどのところに半開きの扉が、蠟燭の灯りに照らし出された。近寄り、蠟燭を寄せて鍵穴を見た。絵図と比べるまでもなく、寝姿牛の形をしているのが見て取れた。

扉を押し広げ、二人は、漆黒の闇の中を蠟燭の灯りだけを頼りに奥へと進む。

物音一つ聞こえない。季蔵の蠟燭を持つ手は、汗ばんできている。烏谷の息遣いも荒く、額には大粒の汗が光っている。どれくらい歩いたか、わからなくなった。そんなに時は経っていないのかもしれない。

行く手に、またしても、扉が見えた。

鍵穴と千住屋の握っていた絵図と見比べると、二人は目と目を見交わした。

季蔵は、蠟燭を烏谷に渡すと、足で扉を蹴飛ばした。

すかさず、烏谷が蠟燭で前方を照らすと、血を流して倒れている、万福堂紋左衛門の姿が二人の目に飛び込んできた。

近づいてみると、万福堂は後ろから頭を殴り殺されていた。そばに血のついた石が見える。

「殺したのは悪党の仲間だな」

季蔵は落ちていた金無垢《きんむく》の小箱を取り上げた。

小箱に鍵の細工はなかった。

「その中にたぶん、財宝を隠した場所を記したものがあったはずだ。財宝を隠した盗賊は入念だったのだ」

烏谷は万福堂の握っているものを見た。

盗まれた三種であった。

「ろうかんや水晶はもう、いらなくなったものと見える。それゆえ、金の小箱もろとも、惜しげもなく、ここに残していった」

床の上に血の筋が見えた。

「欲深だった万福堂は、最後の力を振り絞って、これらを握り取ったのだろう。万福堂を殺した悪党は、どこかで、その姿を想い描いて笑っているかもしれないが、そのうち、きっと、二度と笑えないようにしてやる」

鳥谷はあたりが震えるような大声を張り上げた。

清水母子は急な病で急逝《きゅうせい》したと届けられ、父方の縁者が末期《まつご》養子という形で家を継ぎ、清水家の菩提を弔うこととなった。

松原藩石本家の江戸家老職は、沢崎幾之進病死の後、然《しか》るべき者が昇任して、波立つことなく、この一件は終結した。

季蔵やおき玖、皆の想いが通じたのか、喜平は本復した。

「医者はよほど、わしがあの世で嫌われている証だと抜かした」

言葉とはうらはらに、喜平はうれしそうに笑った。

「〝憎まれっ子、世に憚《はばか》る〟とはこのことだ」

辰吉は医者に倣って、本復を喜んだ。

「それにしても、松茸尽くしを食えなかったのは残念でならん」

喜平のぼやきに、

「松茸鮨と炊き込み飯は、ちゃんと届けましたよ」

勝二は主張し、

「そうだった。あれは美味かった。もしかしたら、あれで、あの世に行かずにすんだのかもしれん。ありがたいことだ」

喜平は季蔵に片目をつむって見せた。

烏谷も、

「今度はいつ食えるかわからない、松茸尽くしを食い逃してしまった」

しばらくは愚痴を言った。

一方、豪助は、

「あれはどうするんだい？」

試しに作った干しや塩のムキタケ等が気にかかっている。

「あれは冬から、春にかけて使うことにしている。正月料理に茸があるのも面白い」

季蔵が応えたそばから、

「でも、馬鹿松茸だけは駄目だったわね」

おき玖が首をすくめて見せた。

「あれ、干したら、松茸のいい匂いが消えちゃって、枯れ草みたいな嫌な臭いばっかしきつくて——」

すると、豪助が、

「ま、干しの戻しを試すんで役立ったんだから、勘弁してやってくれ。それにしても、馬鹿松茸は哀れなもんだな。〝役立てど嫌われるから馬鹿松茸〟、お、一句できたぜ」

その場を茶化して大笑いになった。

初霜が下りた翌日、季蔵は塩梅屋の庭の落ち葉を掃き集めて、瑠璃《るり》のための唐芋《からいも》を埋めた。

——子どもの頃から、今どきは秋刀魚《さんま》も唐芋も安くて、美味しい食べ物だった。瑠璃とは一尾の焼き秋刀魚を分け合ったこともあったが、焼き芋の時もたいそう喜んでくれた——

何日か前に、南茅場町のお涼から文が届いていた。

季蔵様

このところ、瑠璃さんの食がまた細くなって、微笑《わら》うこともほとんどなく、案じられる日々です。一度、様子を見にきていただけないものかと思っております。

お涼

――瑠璃の元気が失《う》せたのは、瑠璃の季之助《としのすけ》だった清水様が、いなくなってしまったせいだろう。どんなにか、季之助の訪れを待っていることか――

季蔵は気になっていたが、

――季蔵のわたしをもう、季之助とは想ってくれない以上、いったい、何をしたら、喜ばせることができるのか――

考えあぐねていて、思いついたのが、弟の成之助《しずのすけ》に母からだと言って渡された、黄翡翠《ひすい》の数珠であった。

――あれをまだ、瑠璃に渡していなかった。母とわたしの想いがこもっているものゆえ、瑠璃の命をこの世につなぎ止めていてくれるのではないか――

そして、黄翡翠の色で思い出したのが、よく似た黄色の焼き芋だった。

――ここのところ、清水様のおかげで、瑠璃は食が増していた。栗と同じように好物だった焼き芋を、黄翡翠数珠の力が食べさせてくれるといいのだが――

南茅場町を訪ねると、瑠璃は縁側の日溜《ひだ》まりの中に座っていた。

食が細く、元気がなくなる時はたいてい、昼間から伏していることの多い瑠璃だったので、

――この数珠のおかげかもしれない――

季蔵は手にしてきた黄翡翠の数珠に感謝した。

「これを。母上より瑠璃にといただいた品だ。何でも、黄色い石は黄翡翠と言って、ろう

かんの仲間だそうだ。堀田家では家宝にしていた」

そう言って、季蔵は瑠璃に微笑みかけると、その手首に数珠をかけて、まだ温かい焼き芋を持たせてやった。

瑠璃は驚いた様子ではあったが、怯《おび》えた表情にはならず、

「綺麗」

とだけ呟くと、焼き芋に口を付けた。

「美味しい。黄翡翠――芋」

聞いた季蔵は胸がいっぱいになった。

そして、

――己では決めがたい生死であればこそ、日々を懸命に生きて行こう。わたしの料理を喜んでくれている人たちと、この瑠璃のために――

目頭を熱くすると、

「黄翡翠芋とは、また、何と素晴らしい響きなのだろう」

黄翡翠芋、黄翡翠芋と呟き続けた。

〈参考文献〉

まつたけの文化誌　岡村稔久（山と渓谷社）
万宝料理秘密箱　器土堂主人　山本進編（原書）
図説江戸料理事典　松下幸子（柏書房）
松茸　有岡利幸（法政大学出版局）

本書は時代小説（ハルキ文庫）の書き下ろし作品です。

時代小説文庫
わ 1-10

菊《きっ》花《か》酒《しゅ》　料理《りょうり》人《にん》季蔵《としぞう》捕物控《とりものひかえ》

著者　和田《わだ》はつ子《こ》
2010年10月18日第一刷発行

発行者　角川春樹

発行所　株式会社 角川春樹事務所
〒101-0051 東京都千代田区神田神保町3-27 二葉第1ビル

電話　03(3263)5247[編集]　03(3263)5881[営業]

印刷・製本　中央精版印刷株式会社

フォーマット・デザイン&シンボルマーク　芦澤泰偉

ISBN978-4-7584-3509-3 C0193
http://www.kadokawaharuki.co.jp/[営業]
fanmail@kadokawaharuki.co.jp[編集]　ご意見・ご感想をお寄せください。

時代小説文庫

和田はつ子

雛の鮨

料理人季蔵捕物控

書き下ろし

日本橋にある料理屋「塩梅屋」の使用人・季蔵《としぞう》が、手に持つ刀を包丁に替えてから五年が過ぎた。料理人としての腕も上がってきたそんなある日、主人の長次郎が大川端に浮かんだ。奉行所は自殺ですまそうとするが、それに納得しない季蔵と長次郎の娘・おき玖は、下手人を上げる決意をするが……(「雛の鮨」)。主人の秘密が明らかにされる表題作他、江戸の四季を舞台に季蔵がさまざまな事件に立ち向かう全四篇。粋でいなせな捕物帖シリーズ、第一弾!

和田はつ子

悲桜餅《ひざくらもち》

料理人季蔵捕物控

書き下ろし

義理と人情が息づく日本橋・塩梅屋の二代目季蔵は、元武士だが、いまや料理の腕も上達し、季節ごとに、常連客たちの舌を楽しませている。が、そんな季蔵には大きな悩みがあった。命の恩人である先代の裏稼業〝隠れ者〟の仕事を正式に継ぐべきかどうか、だ。だがそんな折、季蔵の元許嫁・瑠璃が養生先で命を狙われる……。料理人季蔵が、様々な事件に立ち向かう、書き下ろしシリーズ第二弾、ますます絶好調!

時代小説文庫

和田はつ子
あおば鰹《がつお》
料理人季蔵捕物控
書き下ろし

初鰹《はつがつお》で賑わっている日本橋・塩梅屋に、頭巾を被った上品な老爺がやってきた。先代に〝医者殺し〟(鰹のあら炊き)を食べさせてもらったと言う。常連さんとも顔馴染みになったある日、老爺が首を絞められて殺された。犯人は捕まったが、どうやら裏で糸をひいている者がいるらしい。季蔵は、先代から継いだ裏稼業〝隠れ者〟としての務めを果たそうとするが……(「あおば鰹」)。義理と人情の捕物帖シリーズ第三弾、ますます絶好調。

和田はつ子
お宝食積《くいつみ》
料理人季蔵捕物控
書き下ろし

日本橋にある一膳飯屋〝塩梅屋〟では、季蔵とおき玖が、お正月の飾り物である食積の準備に余念がなかった。食積は、あられの他、海の幸山の幸に、柏や裏白の葉を添えるのだ。そんなある日、季蔵を兄と慕う豪助から「近所に住む船宿の主人を殺した犯人を捕まえたい」と相談される。一方、塩梅屋の食積に添えた裏白の葉の間に、ご禁制の貝玉(真珠)が見つかった。一体誰が何の目的で、隠したのか⁉　義理と人情の人気捕物帖シリーズ、第四弾。

時代小説文庫

旅うなぎ 料理人季蔵捕物控

和田はつ子

書き下ろし

日本橋にある一膳飯屋〝塩梅屋〟で毎年恒例の〝筍尽くし〟料理が始まった日、見知らぬ浪人者がふらりと店に入ってきた。病妻のためにと〝筍の田楽〟を土産にいそいそと帰っていったが、次の日、怖い顔をして再びやってきた。浪人の態度に、季蔵たちは不審なものを感じるが……（第一話「想い筍」）。他に「早水無月」「鯛供養」「旅うなぎ」全四話を収録。美味しい料理に義理と人情が息づく大人気捕物帖シリーズ、待望の第五弾。

時そば 料理人季蔵捕物控

和田はつ子

書き下ろし

日本橋塩梅屋に、元噺家で、今は廻船問屋の主・長崎屋五平が頼み事を携えてやって来た。これから毎月行う噺の会で、噺に出てくる食べ物で料理を作ってほしいという。季蔵は、快く引き受けた。その数日後、日本橋橘町の呉服屋の綺麗なお嬢さんが季蔵を尋ねてやって来た。近々祝言を挙げる予定の和泉屋さんに、不吉な予兆があるという……（第一話「目黒のさんま」）。他に、「まんじゅう怖い」「蛸芝居」「時そば」の全四話を収録。美味しい料理と噺に、義理と人情が息づく人気捕物帖シリーズ、第六弾。ますます快調！

時代小説文庫

おとぎ菓子 料理人季蔵捕物控

和田はつ子

書き下ろし

日本橋は木原店にある一膳飯屋・塩梅屋。主の季蔵が、先代が書き遺した春の献立「春卵」を試行錯誤しているさ中、香の店粋香堂から、梅見の出張料理の依頼が来た。常連客の噂によると、粋香堂では、若旦那の放蕩に、ほとほと手を焼いているという……（「春卵」より）。「春卵」「鰯の子」「あけぼの膳」「おとぎ菓子」の四篇を収録。季蔵が市井の人々のささやかな幸せを守るため、活躍する大人気シリーズ、待望の第七弾。

へっつい飯 料理人季蔵捕物控

和田はつ子

書き下ろし

江戸も夏の盛りになり、一膳飯屋・塩梅屋では怪談噺と料理とを組み合わせた納涼会が催されることになった。季蔵は、元噺手である廻船問屋の主・長崎屋五平に怪談噺を頼む。一方、松次親分は、元岡っ引き仲間・善助の娘の美代に、「父親の仇」を討つために下っ引きに使ってくれ、と言われて困っているという……（「へっつい飯」より）。表題作他「三年桃」「イナお化け」「一眼国豆腐」の全四篇を収録。涼やかでおいしい料理と人情が息づく大人気季蔵捕物控シリーズ、第八弾。